KB105393

# 아무튼, 디지몬

# 아무튼, 디지몬

천선란

위고

차례

이건 내가 디지몬과 영원히 이별하는 이야기다

# 안녕, 디지몬

누군가 묻는다. "작가님의 SF 입문작은 무엇인가요?" 혹은 "작가님이 SF를 좋아하게 된 계기는 무엇인가요?" 형식은 다르지만 대개 내 '최초의 SF'에 관한 물음, 즉 무엇이 나를 SF의 세계로 이끌었는지에 대한 질문이다. 나는 머뭇거리다 수줍게 대답한다.

"〈디지몬 어드벤처〉요."

아서 클라크, 테드 창, 스티븐 스필버그, 옥타비아 버틀러, 김보영, 배명훈, 〈스타워즈〉, 〈스타트렉〉 등의 답변을 제치고 등장한 이름은 장내를 잠시 정적에 휩싸이게 만든다. 이윽고 사람들이 웃음을 터트린다. 그럼 나는 그 분위기를 꽤 만족스러워하며 한마디 덧붙인다.

"정말이에요. 〈디지몬 어드벤처〉는 정말 뛰어난 SF 애니메이션이거든요."

그냥 던지는 농담이 아니라 〈디지몬 어드벤처〉는 정말로 SF 장르의 특성을 모두 충족시킨다. 결정적인 근거는 배경이 '디지털 세상'이라는 거다. 어떻게 SF가 아니라 할 수 있겠는가? 더구나 주인공들은 디지털 세상에서 바이러스와 싸우며, 그곳의 혼돈은 현실 세계에도 영향을 끼친다. 〈매트릭스〉 시리즈와 어깨를 나란히 할 만하다.

1999년 3월 31일, 〈매트릭스〉가 미국에서 개봉한 역사적인 그날 이후 네오 역을 맡은 젊은 키아누 리브스와 인공지능 컴퓨터가 만든 꿈의 세계(가상 세계)에 전 세계가 떠들썩했다. 그 시기에 〈매트릭스〉보다 무려 24일 먼저 세상 빛을 본 또 다른 가상 세계가 있었으니, 바로 1999년 3월 7일 일본에서 방영된 〈디지몬 어드벤처〉 첫 번째 시즌 1화이다.

컴퓨터, 디지털, 세기말, 지구 종말, 가상 세계, 미래 세계…. 이런 단어로 가득했던 20세기 말의 지구, 차원 너머 다른 세계를 그리는 비슷한 설정의 작품이 각기 다른 문화권에서 동시에 쏟아져 나온 것은 어찌 보면 당연했다. 당시 인류는 1999년 12월 31일이 지나도 이 세상이 계속 이어지기를 두려운 마음으로 염원함과 동시에 세계 멸망에 대한 짜릿함도 느꼈을 것이다. 이렇게 세기말을 앞두고 희망, 기대, 두려움, 멸망이라는 소재가 모두 공존했으니 그 시대 예술가와 창작자들이 건드리지 않고는 못 견뎠겠지. 난세에 영웅이 나는 것처럼 세기말은 숱한 걸작을 탄생시켰고 그중 내 삶에 가장 중요한 〈디지몬 어드벤처〉를 남겼다.

성인이 〈매트릭스〉의 가상현실에서 파란 약과 빨간 약의 혼돈에 갇혀 있을 때, 아이들은 디지털 세상에서 디지몬 친구를 만났다. '선택받은 아이'가 되어 디지털 세상으로 갈 날을 기다리며 모니터에 괜히 말을 걸어보거나, 상상 속의 디지바이스*를 열심히 흔들며 새로운 세기의 모습을 연출하고 있었다.

나 역시 모니터에 말 걸던 아이였다. 정확하게는 세기말이 아니라 몇 년이 지난 2002년, 당시 열한 살이었던 나는 투니버스에서 〈디지몬 어드벤처〉를 본 뒤로 언젠가 디지털 세상으로 가게 될 것이라는 설렘을 품었다. 혹시 내 디지몬이 컴퓨터 안에서 아직 깨어나지 못한 건 아닐까 노심초사하면서 말이다.

내가 디지몬을 처음 만난 2002년에는 대한민국이 축구공에 영혼을 팔았다. 이때 나는 쭉 살던 인천에서 벗어나 아주 잠깐 경기도 광명시 하안동 주택단지에 살게 되었다(단지 구석에 관리되지 않은 저수지가 있고 그 둘레가 정글처럼 우거진 곳이었다). 아빠

* 〈디지몬 어드벤처〉에 등장하는 소형 컴퓨터로, 디지몬을 진화시키거나 서로의 위치를 탐색하는 등 여러 기능을 한다. 디지바이스가 내뿜는 '진화의 빛'의 모양과 색이 주인공들의 특성에 따라 다르게 나타나는 것이 특징이다. 이후 완구로도 출시되었는데, 디지몬 밥도 주고 똥도 치워주고 대결도 시키고 진화도 시키는 '다마고치' 계열의 장난감이다.

가 처음 해외 출장을 떠난 해이기도 했으며 내게 처음으로 세상을 향한 커다란 질문과 존재의 무의미함이, 명명할 수 없는 거대한 공허와 우울의 덩어리로 다가온 때이기도 했다.

당시 나는 어떤 단어로 이 감정들을 말할 수 있는지 알지 못했다. 알았더라면 더 선명하게 마주 보고 인식하고 고민했겠지만(그러는 한편 조금 즐기기도 했겠지만), 그러기에 열한 살은 무지했고 어렸다. 이 다채로운 감정들을 나는 '슬프다'라고밖에 표현할 수 없었다. 그게 내 언어의 한계였다. 그래서 나는 세상이 슬펐다. 내가 슬픈 건지 세상이 슬픈 건지 모르고 그저 온통 슬프기만 했다. 할 수 있는 일이라고는 올챙이가 드글드글해 까맣게 변한 저수지를 바라보는 것뿐이었다. 저수지를 가득 메운 올챙이를 징그럽고 안쓰럽다고 생각하면서, 마치 내가 저수지의 올챙이가 된 것처럼 답답함을 느끼면서 몇 시간이고 바라보는 것이 당시 내가 내 안의 고독과 우울을 감당하는 방법이었다. 숨을 아무리 크게 쉬어도 속이 후련해지지 않아 답답했다. 그리고 생각했다. 아마도 내가 아주 작은 저수지에 있는 모양이라고, 저 올챙이들처럼. 이 세계 밖에 다른 세상이 있는 거라고. 나는 거기서 왔기 때문에 여기가 답답한 거라고.

여기는 내가 있을 곳이 아닌 것 같아. 나는 이 행성에 발붙이고 있다는 생각이 들지 않아.

내가 쓴 단편소설 「두 세계」의 유진처럼 열한 살의 나는 (어쩌면 지금의 나도) 이 세계가 진짜 내 세계가 아니라고 믿었다. 그런 내 눈앞에 디지털 세상이 등장했다. 나와 다를 바 없이 살던 일곱 명의 아이들이 비가 오던 어느 날 디지털 세상으로 빨려 들어가 버린 것이다. 그걸 처음 목격했을 때 나의 마음은 모험을 시작하는 설렘도 낯선 세계에 대한 두려움도 새로운 만화를 본다는 즐거움도 아니었다. 그것은 후련함이었다. 비로소 숨통이 트이는 기분이었다. '역시 다른 세계가 있구나!'

남몰래 세상을 구하는 영웅 이야기도, 판타지 세상 속 모험 이야기도 아닌 〈디지몬 어드벤처〉를 나는 이때부터 지독하게 사랑하기 시작했다. 컴퓨터를 켤 때마다 나를 부르는, 아직 만나지는 못했지만 분명히 저 너머에서 나를 지켜보고 있는 디지몬이 있어 그 시절 나의 세계는 쓸쓸하지 않을 수 있었다. 이제 내가 좋아한다고 말할 수 있는 선명한 무언가에 대해 자세히 이야기하고 싶어졌다. 왜 좋아했는지, 얼마나 오래 소중했는지 그리고 어떻게 이별했는지.

# 찾아라 비밀의 열쇠*

*　한국판 〈디지몬 어드벤처〉 오프닝 곡 첫 가사.

〈디지몬 어드벤처〉는 7세 이용가로 분류된다. 다시 말해 당신이 7세 이상이라면 〈디지몬 어드벤처〉를 보호자 지도 없이 볼 수 있다는 말이다.

성인이 된 후로 누군가에게 〈디지몬 어드벤처〉를 추천하면 마치 이제 애니메이션을 볼 나이는 지났다는 듯이 머쓱하게 웃는다. 예상했던 반응이다. 한국은 애니메이션과 만화를 아이만을 위한 장르로, 성인이 되면 보지 말아야 할 불량 식품으로 취급하는 경향이 있다. 특히 유아용 애니메이션으로 소개되는 작품들에는 더 박하다. 내가 어렸을 땐 만화 자체를 해로운 매체로 보는 시각도 더러 있었다. 자율학습 시간에 책 읽는 것도 금기시하던 시절이었으니, 만화는 더 말할 것도 없었다. 요즘은 교육용 만화가 많이 나와 만화에 대한 포용도가 더 넓어진 것 같긴 하지만, 교육용이라는 건 성장 단계에 맞춰 특정 주제만을 다루기에 짧은 기간 동안만 유효하므로 만화 캐릭터와 삶의 일부를 나누는 경험은 불가능에 가까워졌다. 인생에 한 번쯤은 만화 속 캐릭터와 함께 항해해도, '동료가 되라'는 주인공의 말이 마치 차원 너머 나에게 하는 말인 듯 설레어도, 이 세계를 구해달라는 말에 기꺼이 고개를 끄덕여도 될 텐데. 아무튼 이런 분위기는 만화를 본다는 것을 일종의 롤러코스터, 항해의 시작, 불시착과 표류로 여기는 나에게는 여간 아쉬운 게 아니다.

〈디지몬 어드벤처〉가 아닌 다른 7세용 애니메이션을 추천해도 반응은 비슷하다. "유치할 거 같은데?"

'유치하다'. 사람들이 대체 어떤 대상에 이 말을 쓰는지 한참 고민한 시기가 있었다. '유치하다'는 단어는 감상을 너무나 단편적으로 설명하고 작품을 납작하게 눌러버린다. 열띤 토론을 준비 중이었던 나의 전의를 깡그리 소멸시키는 마법의 단어. 요즘은 많이들 쓰기 경계하는 '오글거린다'만큼 막강한 단어인데 인식하지 않아 문제 삼지도 않는, 더 무서운 표현이라고 생각한다. '유치하다'는 단어 자체는 '수준이 낮거나 성숙하지 않음'을 뜻한다. 작품이 성숙하지 않다는 뜻으로 유치하다고 평가하는 걸까? 그렇다면 세상에 성숙한 작품이 있다는 것인데, 나는 성숙한 작품이 있다고 믿지 않는다. 작품은 시대에 따라, 읽는 이에 따라, 해석에 따라 천차만별로 평가되니까.

그러다 혼자 이런 결론을 내리기에 다다랐다. 사람들은 주인공이 감성 충만한 작품을 볼 때 '오글거린다'는 말을, 주인공이 완전한 선(善)일 때 '유치하다'는 말을 쓴다. 인간은 성장하면서 기존에 가지고 있던 사고와 인식을 확장하고(있다고 믿고), 정해진 틀을 벗어나려 노력하고(있다고 믿고), 뻔한 담론을 타파하려 하고(그렇겠지?), 관습을 의심하며 세상을 바꿔보려 한다는 것을 생각하면 어린 시절 보았던 만화나 애니메이션의 선명한 선악 구도가 유치하게 느껴질 수도 있겠다, 싶기는 하다(그런 사람들이 이해되는 건 아니지만).

그럼에도 나는 모든 이야기가 기본적인 선악의 구도를 벗어나지 않으며, 벗어나서도 안 되고, 그것이 무너지기를 모두가 바라지도 않는다고 생각한다. 그러니 유치할 것 같다는 지레짐작으로 눈 돌리지 말고 한껏 너그러운 마음으로, 이야기의 시초인 선한 서사의 힘을 받아들였으면 좋겠다. 그럼 여태껏 당신이 눈여겨보지 않은 작품들 속 멋진 짜임에 '이게 어린이 만화라고? 어린이 애니메이션이라고?'라며 놀라게 될 것이다. 장황하게 말했는데, 한마디로 〈디지몬 어드벤처〉 보라는 말이다.

〈디지몬 어드벤처〉의 구조와 상징을 간략하게 이야기하기 전에, 1990년대 일본 애니메이션의 특징을 말하지 않고 넘어갈 수 없다. 일본 문화의 큰 코드 중 하나가 애니메이션 콘텐츠이며, 여기에는 2차 세계대전을 거치며 일본 창작자들이 겪은 삶, 사회, 전쟁, 인간성에 대한 철학이 곳곳에 묻어 있기 때문이다. 일본 만화 시장에 내적, 외적으로 커다란 영향을 준 〈우주소년 아톰〉(1952년), 〈기동전사 건담〉(1979년), 〈아키라〉(1982년), 〈신세기 에반게리온〉(1995년) 같은 SF 작품들은 감시 사회, 운석 충돌, 지구 멸망, 전쟁 등의 소재를 다루며 전반적으로 종말과 전쟁의 불가피함, 패전국이라는 패배 의식, 그리고 새로운 시대로의 진입에 대한 두려움, 그 두려움을 바탕으로 한 영웅 출현의 소망 등을 기저에 깔고 있다. 위의 작품들에 영향을 받은 후대의 창작자들이 그 정서를 이어가면서 그것이 일본 애니메이션의 큰 특징 중 하나가 된다. 이들 작품들은 어린이가 소화하기에는 다소 어렵고 무거운, 뜯어볼수록 작품이 내포하는 의미와 설정이 훨씬 암울한 경우가 많은데 〈디지몬 어드벤처〉 역시 그런 궤를 같이하는 애니메이션이다.

내게 또렷한 기억 중 하나는 어린 시절 (당시의 키즈카페라 부를 수 있는) 실내 놀이방 TV로 본 〈달의 요정 세일러문〉(이하 〈세일러문〉)이다. 땀 범벅이 될 정도로 뛰어놀던 여섯 살의 나는 우연히 〈세일러문〉을 보게 된다. 그전까지 내게 〈세일러문〉은 예쁜 언니들이 변신하여 악당을 물리치는 내용이었는데, 그날 내가 본 건 친구들이 얼음 속에서 죽어 있고 주인공은 홀로 남은 장면이었다. 정말… 이루 말할 수 없을 정도로 기괴하고 절망적인 장면이었다. 당시의 나는 어휘력이 부족했기에 그 감정을 설명할 길이 없었다. 그저 이해할 수 없다는 답답함과 공포 영화를 본 듯한 무서움에 사로잡혀 며칠 악몽만 꾸었다. 그때부터였을까. 나에게 만화, 애니메이션이 동화 속 회전목마가 아니라 롤러코스터가 된 것은…. 내가 만화와 애니메이션에 유치하다는 평을 절대 붙이지 않는 이유가 여기에 있을지도 모른다는 생각이 문득 든다. 애초에 내게 애니메이션은 호러였다.

어쨌거나 〈세일러문〉은 내게 공포 장르가 되어 이후 다시 찾아보지 않았기에 내가 기억하는 장면이 정말 그만큼 무서운 장면이었는지는 확신할 수 없다(〈세일러문〉의 시청 등급은 15세 이상이다. 시청 등급 준수는 이렇게나 중요하다). 중요한 건 주인공이 친구들을 살리기 위해 자신을 희생했다는 점이었다. 당시 감정을 지금의 내가 대신 표현하자면 이랬을 것이다.

'인물들이 다 죽었다고? 어째서?'

'왜 주인공이 자기를 희생시켜 모두를 구하는 거지?'

'왜 구원에는 희생이 따르지?'

'지키고 구한다는 건 굉장히 아프고 잔인한 거구나.'

이후로 이런저런 애니메이션을 숱하게 기웃거렸지만 큰 끌림을 얻지 못했다. 세상의 지루함을 일찍 깨달아 매일 하늘만 쳐다보던 유년 시절의 어느 날, 거실이 복도처럼 길었던 18평의 집에서, 기상이변으로 작은 집에 갇혔다가 디지털 세계로 빨려 들어가 디지몬을 만나고, 멸망해가는 디지털 세계에서 서로를 구하겠다고 희생하는 아이들을 만나게 된다.

그해 여름, 지구 곳곳에서 기상이변이
일어났다. 동남아시아에서는 계속되는 가뭄으로
논밭이 말라붙고 중동에서는 집중호우로 홍수가
발생했으며, 미국에는 기록적인 강추위가
찾아왔다. 한편 여름 캠프에 온 일곱 명의
아이들은 꿈에도 모르고 있었다. 이제 곧 아무도
가본 적이 없는 세계로의 모험이 시작된다는
것을….

하늘에서 떨어진 디지바이스를 손에 쥔 아이들은 순식간에 소용돌이로 빨려 들어가 파일섬에 떨어진다. 그리고 파트너 디지몬을 만난다. 주인공 신태일에게 코로몬*이 말한다.

**코로몬** 태일이가 깨어났다! 잘됐어, 다행이다!
**태일** 얘가 말을 하네? 거기다 내 이름도 알고?
**코로몬** 나 걱정했어 태일아! 정신이 들어서 정말 다행이야!
**태일** 넌 대체 누구야?
**코로몬** 난 코로몬이야! 태일이, 널 기다렸어!
**태일** 코로몬? 나를 기다렸다고?
**코로몬** 응!

낯선 세계에서 나를 기다리고 있었다니. 이보다 로맨틱한 말이 또 있을까. 아이들을 기다려왔던 디지몬들이 자신을 소개하며 이렇게 덧붙인다.

"우리들은 디지털 몬스터야!"

* 아구몬의 이전 단계인 유년기 디지몬. 디지몬은 알에서 부화하여 '유년기 I-유년기 II-성장기-성숙기-완전체-궁극체(초궁극체)'의 순서로 진화하며, 각 단계에 따른 이름을 갖는다(예: 깜몬-코로몬-아구몬-그레이몬-메탈그레이몬-워그레이몬). 이후 시리즈를 거듭하며 궁극체 이상의 새로운 단계가 추가되기도 한다.

"우린 너희를 지키기 위해서 기다린 거야."

아이들과 디지몬들은 감동적인 첫 만남을 갖자마자 성숙기 디지몬인 쿠가몬에게 다짜고짜 공격당하기 시작한다. 할 수 있는 공격이 비눗방울을 뿜어대는 것밖에 없는 유년기 디지몬들은 쿠가몬으로부터 아이들을 지키겠다고 몸을 날려가며 안간힘을 쓴다. 디지몬들은 희생을 다짐하고, 디지몬들을 걱정하는 아이들의 마음에 디지바이스가 반응한다. 그리하여 '너를 지키고 싶다'는 간절함으로 디지몬들은 유년기에서 성장기로 첫 진화를 이루고, 힘을 합쳐 쿠가몬을 쫓아낸다.

그 진화는 쿠가몬을 물리치고 이기기 위한 진화가 아니었다. 쿠가몬으로부터 아이들을 지키기 위한 진화였다. 언뜻 보면 비슷한 듯 보이지만, 무언가를 무찌르고 싶다는 마음과 지키고 싶다는 마음은 어느 것이 선행되느냐에 따라 그 색이 완전히 달라지고 디지몬은 후자였다. 디지몬은 아이들을 지키고 싶어했다. 나는 거기서 비밀의 열쇠를 돌려 다른 차원으로 가는 문을 열어버렸다.

그렇다. 이것이 바로 신비한 세계로 끌려들어
온 일곱 명의 아이들이 앞으로 겪게 될, 길고도

매우 짧은 여름방학의 시작이었다.

내레이션과 함께 1화는 이렇게 끝난다. 〈디지몬 어드벤처〉와 그 후속작인 〈파워 디지몬〉* 내내 깔리는 내레이션은 선지자의 목소리인데, 이 모든 모험을 마치고 어른이 된 리키의 회고이다. 이 사실은 〈파워 디지몬〉이 끝날 즈음에야 밝혀진다. 약 3년 동안의 모험은 어린아이였던 그에게는 긴 시간이었지만, 되돌아본 시점에서는 매우 짧은 시간이다. 다시 돌아갈 수 없는 시절의.

노을이 가득 들어찬 집, 현관 앞 TV에 바싹 붙어 앉아, 이제 막 〈디지몬 어드벤처〉 첫 화를 본 열한 살의 나는 리키의 내레이션을 들으며 내게도 길고도 매우 짧은 여름방학이 시작되었다는 것을 깨달았다. 나는 그렇게 스스로 선택받은 아이가 됐다.

* 일본 원제는 '디지몬 어드벤처 02'이다.

# 선택받지 못한 아이

나는 스스로 선택받은 아이가 되었지만, 차원의 문을 여는 디지바이스가 없었다. 단지 그 만화를 열렬히 좋아하거나 챙겨 본다는 관점으로 선택받은 아이가 되었다는 것이 아니라, 나는 정말이지… 그곳에 가고 싶었다. 디지털 세계에 가기 위해 정말 별의별 짓을 다 했는데, 세세히 쓰기에 부끄러우니 하나만 소개하자면 데스크톱을 끌어안고 잔 경우도 더러 있었다. 눈을 떴을 때, 잠들기 전과 똑같은 방 안 풍경이 보이면 눈물이 찔끔 나기도 했다.

내가 디지털 세계에 가기 위해 이런 짓까지 했다는 걸 가족들은 모른다. 가고 싶다고 이야기한 적도 없다. 이 책을 읽는다면, 그제야 내가 이 정도로 디지털 세계를 열망했다는 것에 놀랄지도 모르겠다. 세계를 넘기 위해 이렇게까지 은밀하게 시도한 데에는 다 이유가 있었다. 혼자 그곳에 가고 싶었다. 아주 훌쩍, 창호지에 구멍을 뚫듯 폭, 세상을 빠져나가고 싶었다. 흔적도 없이. 이제 와 생각해보면 그때 나는 외로움에 대한 복수를 하고 싶었던 것 같다.

우리 집은 짝꿍이 늘 정해져 있었다. 윷놀이할 때도 무조건 엄마와 언니가 한 팀이고 아빠와 내가 한 팀이었다. 놀이기구를 탈 때도, 사진을 둘씩 나눠 찍을 때도 마찬가지였다. 이게 다 엄마와 한 팀이 아니면 울음을 터뜨리던, 언니의 '엄마 집착증'에서 형성된 구도인데 어려서부터 언니에게 조기교육을 받아서인지 나는 내 짝이 아빠라는 걸 자연스럽게 받아들였다. 아빠는 나와 둘이 있을 때 과자와 아이스크림을 아낌없이 사줬고, 로봇 장난감도 덥석 사줬고, 내게 자전거 타는 법을 알려줬으며, 나와 편먹고 한 게임에서 언니와 엄마에게 져도 나를 나무라지 않았다. 누군가 "아빠가 좋아, 엄마가 좋아?" 하고 물으면, 나는 당당히 "아빠!"라고 대답하는 딸이었다.

건축 회사에 다니는 아빠는 여수, 목포 등 여러 도시에 출장을 자주 다녔다. 아빠 덕분에 나는 유치원에서도 한국 지리를 꽤 잘 아는 아이였다. "너 여수라고 알아?", "목포 알아?", "이천 알아?" 하는 식으로(위치를 물어보면 대충 얼버무리긴 했지만), 또래에 비해 세계를 바라보는 시각이 일찍 트였다. 내가 사는 이 동네가 세상의 전부가 아니라는 것, 이 동네 밖의 무수히 많은 동네와 나라가 '지구'라는 별을 이룬다는 사실을 일찍 알았다. 공룡시대나 자동차, 레고보다는 지구와 지구 밖을 좀 더 궁금해한 것에는 방랑자 같았던 아빠의 몫이 컸다.

발령받은 지역으로 가족들이 함께 이사 가는 다

른 집들과 달리 우리는 아빠를 따라다니지 않았다(건축 현장은 길게 잡아도 2년에서 3년 안에 마무리되니 잦은 이사가 부담스러웠을 거라고, 이제 삼십대가 된 내가 당시 삼십대였던 젊은 부부의 마음을 추측해본다. 당시 부모님은 한창 대출 이자를 갚아가던 시기였으니까). 방학이나 주말에 엄마 차를 타고 아빠가 근무하던 지역에 놀러 갔던 기억만 간간이 있다. 아빠를 자주 못 보는 건 별로였지만, 어려서부터 으레 아빠란 평일에 보기 힘든 사람이었으니 나도 큰 불만은 없었다. 주말이나 방학에는 실컷 볼 수 있었으므로.

그런데 내가 열 살이 되던 해 가을, 아빠가 갑자기 멕시코로 떠났다. "멕시코가 어디야? 여수나 목포보다 멀어? 주말마다 못 봐?" 멕시코는 여수나 목포와는 비교도 되지 않을 만큼 먼 곳이었다. 주말은 고사하고 1년에 2주짜리 휴가가, 그것도 비행기로 오가는 시간 제외하면 길어야 열흘인 휴가 네 번이 전부인 곳이었다. 지구에 어떤 대륙이 있는지도 모르던 나는 집에 있던 커다란 지구본을 집요하게 살펴본 끝에 북아메리카 남부의 멕시코를 찾아냈다. 멕시코는 대한민국과 정반대에 있었다(멕시코를 시작으로 아빠가 사우디아라비아, 쿠웨이트, 에콰도르, 인도네시아 등을 다닐 줄 알았더라면 나는 멕시코를 더 격렬하게 말렸을 것이다).

남편 없이 시어머니와 지내야 했던 엄마는 아빠가 해외 출장을 발령받자마자 부리나케 외할머니 아랫집으로 우리를 데리고 이사했다. 그곳이 저수지가 있던 하안동 주택단지이다. 아빠는 떠나고, 그전까지 쭉 살아왔던 인천을 떠나 광명으로 이사하게 되면서 전학도 갔다. 갑작스레 모든 것과 헤어져야 했다. 실내화를 따로 신지 않았던 인천의 초등학교와 달리 실내화가 필요했던 하안동 초등학교. 실내화를 챙기지 못해 서늘한 시멘트 바닥을 맨발로 걸어야 했던 첫 등교는 설렘이나 두려움이 아니라 시멘트처럼 차갑고 얼얼한 느낌이었다. 그 기억은 내 안에서 응고되어 차가운 결정으로 남았고, 지금까지도 녹지 않고 툭하면 나를 시멘트 바닥에 맨발로 세워놓는다.

하안동 집 3층에는 집주인인 나의 외조부모가 살았고, 우리 집은 그 밑에 딸린 두 집 중 하나였다. 여름이고 겨울이고 할 것 없이 2층으로 오르는 계단이 늘 추웠다. 나는 엉덩이가 냉기에 얼얼해질 때까지 하염없이 계단에 앉아 있다가 집으로 들어가곤 했다. 주방 창문으로 들어오는 새빨간 노을이 길쭉한 거실을 가득 채웠다. 그리고 늘 아무도 없었다.

나는 피아노 위에 있던 지구본으로 매일같이 멕

시코를 들여다봤다. 멕시코 옆에는 어느 나라가 있는지 뜯어보고, 태평양은 얼마나 큰지를 가늠했다. 북아메리카, 남아메리카, 태평양, 인도양, 북극, 남극… 그런 것들에 비해 내가 서 있는 이 집은 너무 작게 느껴졌다. 숨도 조심히 쉬어야 할 것 같았다. 어느 순간부터 하늘이 천장처럼 보였고, 그래서 뚜껑을 열고 싶었다. 지구 바깥에 우주가 있다는 걸 알게 된 뒤로는 달과 별이 선명하게 보이는 밤하늘을 볼 때에야 속이 트였다.

그러다 어느 순간 친구들과 아무렇지 않게 대화를 나누다가도 귀가 먹먹해지는 등의 이상 증세가 나타나기 시작했다. 수업을 듣다가도 불현듯 이런 증세가 나타나면 여러 사람과 같은 공간에 있어도 함께 있다는 감각이 들지 않았다. 마치 다른 차원에 갇힌 듯, 누구에게도 내 목소리가 닿지 않을 것 같았다. 외로움이라는 단어를 몰라서 외로움을 인식하지 못했던 것처럼, 이 증상도 또렷이 인식하지 못한 채 참고 견뎠다. 지금 되돌아보면 아마도 공황 증상이었던 것 같다. 하지만 아무것도 모르던 그 시절의 나는 이렇게 생각했다. 나는 아무래도 지구에, 이 차원에 잘못 태어난 것 같다고. 빨리 탈출해야 할 것 같다고.

스스로를 이렇게 말하는 게 부끄럽지만, 나는

고독을 타고난 아이였다(나는 사람마다 특정 감각을 안고 태어난다고 생각한다. 수학적 감각, 음악적 감각 등의 재능뿐만 아니라 예민한 것도, 깔끔한 것도, 몰입을 잘하는 것도 전부 가지고 태어난 감각의 영역이라 믿는다. 그래서 나의 고독은 사건으로 형성된 것이 아니라 내가 가지고 태어난 기질이다. 그저 특정한 시기에 발현됐을 뿐이다. 내 유년의 고독이 아빠나 가족들 탓이라고는 생각지 않는다. 그때 일어난 일들과 나의 고독은 마치 순리처럼 동시에 이루어졌다. 이건 확실히 밝혀두어야겠다). 그리하여 내가 기억하는 내 유년의 모습이란 이런 장면들이다. 올챙이 가득한 저수지를 뚫어져라 보던 것. 나를 찾는 사람이 아무도 없어 벽돌 사이로 풀이 무성하던 어린이 안전교육용 가짜 도로에 서서 켜지지 않는 신호등을 하염없이 기다리던 것. 경기가 없는 텅 빈 실내 배드민턴장 관객석에 앉아 있던 것. 실내체육관 외벽에 설치된 암벽등반장에서 겨우 돌 하나 밟고 올라가 버티던 것. 사시사철 추운 집 계단 앞에 앉아 있던 것. 거실 끄트머리에 놓인 식탁에 앉아 무언가를 먹던 것. 그리고 붉은 거실에서 TV를 보던 것. 그렇게 줄곧 혼자였던 것.

〈디지몬 어드벤처〉에서 내가 가장 좋아하는 디

지몬은 파피몬이다. 아구몬과 비슷한 외형이지만 푸른색 늑대 가죽을 덮어쓴 캐릭터이다(가죽은 가루몬*이 남긴 데이터를 모아 만든 모피이며 부끄러움을 많이 타는 성격 때문에 뒤집어쓴 것이다). 파피몬을 가장 좋아하는 이유는 늑대를 연상케 하는 겉모습 때문이기도 하지만, 그보다는 강인해 보이는 겉모습과 달리 수줍고 소심하며 배려심 깊은 그 성격 때문이다. 어딜 가나 늘 혼자인 매튜 옆에서 아무것도 묻지 않고 앉아 있는.

파피몬의 파트너인 매튜는 한마디로 모난 캐릭터다. 〈디지몬 어드벤처〉 중심에 있는 메인 주인공 태일이가 용기와 열정으로 가득 찬 캐릭터라면, 매튜는 그런 태일이와 끊임없이 갈등하는, 태일이와 상반되는 차갑고 냉철한 인물이다. 원하는 게 있으면 태일이와의 주먹 다툼도 마다하지 않고 여럿보다는 혼자 있기를 좋아한다. 그런데 이런 매튜의 문장(紋章)은 '우정'이다.** 매튜와 참 안 어울리는 단어다.

* 파피몬의 다음 진화 단계인 성숙기 디지몬.

** 선택받은 아이들은 디지바이스에 각기 다른 문장을 지니고 있다. 문장의 의미는 각 캐릭터의 성격이 반영된 것이지만, 캐릭터에 따라 자신의 문장이 자신에게 없다고 믿기도 하며 때로는 그 캐릭터에게 약점이 되기도 한다.

증거 1

**석** 장난치는 거라면 그만해 매튜. 너 친구한테 왜 이러는 거야?

**매튜** 친구?

**석** 그래! 우린 선택받은 아이들이란 인연으로 묶인 친구잖아.

**매튜** 흥! 인연이라고? 도대체 누가 우릴 그런 걸로 묶었는데?

**석** 그건….

**매튜** 그것도 모르면서 어떻게 친구라고 할 수 있지?

**태일** 형, 더 이상 상대하지 마. 지금 저 녀석한테는 아무 얘기도 안 통해.

**매튜** 뭐라고? 네가 나에 관해서 뭘 안다고 큰 소리야!

증거 2

**매튜** 위자몬이라고? 그게 나리, 너의 디지몬

아이들이 가진 문장은 각각 '용기'(태일), '우정'(매튜), '사랑'(소라), '지식'(한솔), '희망'(리키), '순수'(미나), '성실'(석)이며, '빛'의 문장을 가진 나리가 여덟 번째 선택받은 아이로 합류한다.

친구 이름이니?

**나리** 아니, 그건 가트몬이고. 위자몬은 가트몬의 아주아주 친한 친구야. 하지만 묘티스몬한테 당해버렸어. 우리 엄마도 붙잡혀 갔고. 아빠는? 우리 아빠도 붙잡혔을까? 괜찮겠지? 우리 오빠가 반드시 모두를 구해주겠지? 그치?

**매튜** 그건 나도 몰라. 장담할 수 없어.

**나리** (울며) 괜찮을 거라고 말해줘, 제발!

**매튜** ….

**파피몬** 애를 울리면 어떡해, 매튜!

매튜는 독단적이고 이기적이고, 위로를 잘 못한다. 언제나 냉철하게 상황을 바라보면서 태일이의 선택으로 일행이 조금이라도 위험해질 것 같으면 싸워서라도 말린다. 마음이 맞지 않으면 맞춰가는 게 아니라 무리를 이탈해버리고 마는, 그런 매튜 옆에는 항상 파피몬이 있다.

매튜가 이토록 예민하게 구는 건 친동생인 리키의 존재 때문이다. 태일이의 친동생인 나리가 합류하기 전까지 일행 중 가족관계는 매튜와 리키뿐이었는데, 두 사람은 부모님이 이혼한 탓에 떨어져 사는 형

제다. 매튜는 아빠와 리키는 엄마와. 매튜는 리키를 아끼고 걱정한다. 한마디로 동생을 무척 사랑한다. 리키가 자신이 아닌 태일이의 편을 들 때 질투까지 할 정도지만 사랑을 표현하는 법을 모른다. 또래 아이들이 매튜의 진심을 쉽게 알아들을 리 없으니, 이 표현력 부족한 매튜는 입을 닫아버린다. 그리고 혼자 외딴곳에서 하모니카를 분다. 하모니카는 모나고 날카로워 보이는 매튜가 사실은 외로운 아이라 말해준다. 하모니카의 쓸쓸한 소리가 디지털 세계에 잔잔히 흐른다. 파피몬은 가만히, 그리고 나란히 앉아 듣는다. 어떤 것도 묻지 않고 말해준다. 매튜 네가 연주하는 하모니카 소리가 참 좋다고.

아구몬과 함께여도 재미있겠고, 파닥몬도 정말 귀엽고, 피요몬도 멋있지만 그래도 나는 외로운 매튜 곁에 있어주는, 다그치지 않고 그 외로움에 함께 파묻혀주는 파피몬이 좋았다. 내게도 파피몬이 있었으면 좋겠다고 생각했다. 혼자 있는 순간마다 파피몬이, 혹은 내 디지몬이 옆에 있다고 상상했다. 돌이켜 생각해보면 순수한 상상과 정신병적 망상의 경계에 머물렀던 것 같다. 그래도 디지털 세계는, 이 세계와 또 다른 차원의 세계는 외로운 나에게 큰 위로였다.

당연하게도 매튜는 솔직해지며 성장한다. 그리

고 디지털 세계를 구하고 떠날 때, 아이들이 울면서 서로의 디지몬과 작별 인사를 할 때 매튜는 하모니카를 분다. 파피몬은 가만 듣는다. 나도 그 옆에 나란히 앉아 듣는다. 그리고 생각한다. 매튜는 이제 덜 외로울까? 그럼 파피몬이 이제 그만 나에게 와줬으면 좋겠다.

아이들이 어둠의 사천왕을 만난 시점은 현실 세계로 돌아가 여의도를(일본판에서는 도쿄를)* 지킨 후이다. 모든 것이 끝났다고 믿었으나 다시 돌아온 디지털 세계는 사천왕으로 인해 엉망이 되어 있었다.

사천왕은 '메탈시드라몬', '피노키몬', '파워드라몬', '피에몬'인데, 이들은 〈디지몬 어드벤처〉 후반부, 아이들이 최종 보스라 믿었던 '베놈묘티스몬'을 물리치고 승리의 기쁨에 젖어 있을 때 최종의 최종 보스로 등장하는 악당이다. 전부 궁극체 디지몬으로 이 단계가 진화의 끝은 아니지만 디지몬 시리즈의 첫 번째 시즌인 〈디지몬 어드벤처〉에서는 완전체에도 겨우 도달하는 우리의 디지몬 친구들이 상대하기에는 무시무시한 존재다.

통상 진화는 경험치를 바탕으로 한 성장, 다음 단계로의 진입을 의미한다. 하지만 디지몬 세계관에서의 진화는 그 개념이 조금 다르다. 한국에서 단순히 '진화'로 번역한 것과 달리 영어권에서는 'digivolve'라 번역했다. 'digital'과 'evolve'의 합성어이다. 디

* 〈디지몬 어드벤처〉의 원작에는 도쿄의 실제 장소가 많이 등장한다. 후지TV 건물이나 도쿄 국제전시장, 히노데 수상버스 선착장, 덱스 도쿄 비치 쇼핑몰 등의 장소들은 한국으로 수입되며 한국 지명으로 바뀌었다.

지털 세계는 현실 세계와 별다를 것 없어 보이지만, 파피몬이 가루몬의 데이터로 가죽을 만들어 쓴 데서 알 수 있듯 모든 것이 데이터로 이루어져 있다.

현실 세계에 질량 보존의 법칙이 있듯이 당연히 디지털 세계에도 데이터 총량의 법칙이 있다. 디지몬의 진화는 결국 데이터를 응집시켜 몸집을 키우는 것인데, 이는 디지몬에게 육체적인 부담을 안긴다. 엄청난 양의 데이터를 쌓아두고 있으면 트래픽이 초과하여 컴퓨터가 느려지는 것과 마찬가지다. 그래서 디지몬은 대개 성장기의 모습을 유지하다가 힘이 필요할 때만, 유대감을 형성한 파트너의 디지바이스로부터 일시적으로 힘을 얻어 진화한다. 또한 이 과정에서 디지몬과 파트너가 어떤 마음을 갖는지에 따라 진화의 방향도 달라진다. '바이러스' 타입이 될 수도, '백신' 타입이 될 수도 있는 것이다.

결론적으로 디지몬 세계의 진화는 디지바이스라는 매개를 통해 얻은 힘이기에 유지하고 싶어도 그러지 못해 성장기로 돌아가며, 어떤 경우에는 유년기로, 혹은 탄생 이전인 '알'의 형태로 돌아가기도 한다. 그러니 궁극체의 모습을 유지하고 있다는 것 자체로 얼마나 강력한 디지몬인지 설명된다.

아이들은 처음 만난 사천왕을 상대하다 디지털 세계에서 뿔뿔이 흩어지게 되고, 리키는 어둠의 사천왕 중 최약체인 피노키몬을 만난다. 다른 사천왕과 달리 귀여운 외모를 가진 피노키몬은 다짜고짜 공격하지 않고 리키에게 말한다. "나랑 놀자!"

이름만 들어도 생김새가 그려지는 피노키몬은 초등학교 저학년인 리키와 또래로 보일 정도로 몸집이 작다. 장난감을 좋아해 아지트도 거대한 장난감 집처럼 생겼다. 동화 같은 이미지이지만 내레이션으로 "성격 더럽기로는 제일가는 디지몬"이라고 설명될 정도로 까탈스럽다. 투정이 많고 원하는 것도 많다. 리키가 친구들에게 돌아가지 않고 자신과 이곳에서 영원히 놀기를 바란다. 그렇게만 될 수 있다면 뭐든지 할 기세다. 리키의 친구들을 죽이는 것까지 거리낌없이.

리키는 피노키몬 정도는 자신이 이길 수 있을지도 모른다고 생각하며, 피노키몬의 놀이에 응한다. 하지만 그 역시 사천왕은 사천왕이다. 리키가 모르는 사이 리키의 몸에 실을 연결하여 조종하고 나중에는 리키의 친구들을 목각 인형으로 만들어버린다. 리키는 예상과 달리 강한 피노키몬으로부터 친구들을 구하기 위해 고군분투한다. 그리고 피노키몬을 따르는 듯 보였던 그의 부하들이 사실 그를 전부 싫어한다는 걸 알게 된다. 피노키몬은 고집불통에 제멋대로인데다가 마음에 들지 않으면 가차 없이 상대방을 죽인다. 피노키몬에게 충성을 다한 부하 쥬레이몬조차도 자신에게 충고했다는 이유로 없애버린다. 그런 피노키몬을 좋아하는 디지몬은 없다.

피노키몬은 리키에게 진짜 총으로 총싸움하자고 권한다. 리키는 두렵지만, 피노키몬의 약점을 이미 알고 있다.

**리키** 나 재미없어서 그만둘래! 무슨 놀이가 도망치고 쫓아오고만 하냐? 난 네가 굉장히 재밌는 앤줄 알았는데, 정말 실망했다.

**피노키몬** 뭐? 나 지금까지 그런 소리 들은 적 한 번도 없어!

**리키** 뭐? 정말? 하! 알았다. 피노키몬, 너 친구라고는 하나도 없지? 그치?

피노키몬은 자기도 친구가 있다며, 친구를 데려오겠다며 기다리라 하고는 달려간다. 하지만 친구 따위 있을 리 없다. 피노키몬은 잡동사니로 인형을 급조해 리키에게 달려가지만, 리키는 이미 피노키몬의 아지트를 엉망으로 만들고 도망간 후다. 급조한 인형을 든 피노키몬은 엉망이 된 자신의 아지트를 망연히 바라본다. 마침내 아이들은 피노키몬을 무찌르는 데 성공하고 피노키몬은 죽음으로 최후를 맞는다.

이 에피소드는 내가 제일 좋아하는 두 에피소드 중 하나이다(다른 하나는 〈디지몬 어드벤처〉를 보지 않은 사람들 사이에서도 익히 유명한, 파닥몬이 엔젤몬으로 진화하는 순간이다). 나이를 먹어갈수록 피노키몬이 안쓰럽고 애틋하게 느껴진다. 피노키몬에게서 매번 꿈에 나와 나를 괴롭히던 어린 시절 '나'의 모습을 발견하기 때문일까. 할 수만 있다면, 피노키몬과 친구가 되어 끝장나게 놀아주고 싶다. 그럼 피노키몬에게도 다시 진화할 기회가 올 텐데. 내가 경험해봐서 아는데.

내 유년 시절이 망상과 상상의 경계에 있었다는 걸, 그리고 당시의 내가 미미한 정신병의 우물에 한 발 담그고 있었다는 걸 나는 고등학생 때 알았다. 예술고등학교 문예창작과에 다니던 시절, 당시 소설 수업 선생님이 한 학기 동안 내 소설을 읽고는 이렇게 물었다.

"어릴 때 무슨 일 있었어요?"

"어릴 때요?"

"소설에 전부 외로운 애가 나와서요."

선뜻 아니라고 말하지 못했다. 그날 수업이 끝날 즈음 선생님한테 고백했다.

"사실 몇 개월에 한 번씩 똑같은 꿈을 꿔요."

붉은 셀로판지를 씌운 듯 모든 것이 붉게 물든 인천의 집, 꿈은 늘 거기서 시작된다. 붉은색 방이 보이면 '또 그 꿈이구나' 할 정도로 몇 년째 반복해 꾼 꿈이다. 나는 이어질 모든 장면, 이 꿈의 결말까지도 알고 있다. 하지만 어찌할 도리가 없다. 예정된 장면을 다 통과해야만 꿈에서 깰 수 있기 때문이다.

방 밖으로 나가면 TV 앞에 바싹 붙어 앉은, 일곱 살 정도로 보이는 낯선 얼굴의 여자애가 보인다. "나랑 놀아줘" 하고 악을 쓰며 보채는 아이의 손을 잡고 집을 나서서 엘리베이터를 탄다. 바닥이 뚫린 엘리베이터가 끝도 없이 아래로 내려간다. 엘리베이터에는 섬뜩한 얼굴의 낯선 사람들과 함께 우리 언니도 타고 있다. 그러다 어느 순간 언니는 엘리베이터 틈새로 얼굴을 들이민 알 수 없는 존재에게 이끌려 사라지려 한다. 언니를 따라가려 해도 여자애가 손을 놔주지 않아 옴짝달싹못한다. 나는 아이에게 놓으라고, 언니를 구하러 가야 한다고 소리치다가 꿈에서 깬다.

분명 기괴하고 무서운 꿈인데, 눈을 뜨면 슬픔이 먼저 느껴진다. 울음이 나지는 않는다. 그냥 공허하고 슬프다. 그런 꿈을 1년에 네다섯 번씩, 주기적으로 꾸고 있었다.

꿈 이야기를 들은 선생님은 책 한 권을 추천했다. 존 브래드쇼의 『상처받은 내면아이 치유』라는 심리학책이다. 책에 따르면 어린 시절의 크고 작은 상처, 미해결 욕구 등의 문제를 가진 채 어른이 되면 몸만 어른일 뿐 마음은 어린이인 '성인 아이'가 된다고 한다. 진정한 어른이 되기 위해서는 자라지 않은 그 내면아이, 현재의 나를 엉망으로 만든 그 아이를 만나야 한단다. 기껏해야 아주 조금 더 성장했을 뿐이지만, 그 아이를 달랠 수 있는 건 이 세상에서 오직 나뿐이다. 그 아이를 외면해서는 안 된다.

나는 그 책을 통해 처음으로 나이지만 내가 아닌, 어느 순간 나에게서 분리되어 멈춰버린 아이가 있다는 걸 알았다. 붉게 물든 집과 TV를 보는 어린 아이, 갑작스럽게 사라지는 가족 같은 꿈의 요소들이 그제야 이해되었다. 그 꿈은 나를 주인공으로 한, 내 유년의 각색이었다.

그로부터 몇 개월 뒤 또 같은 꿈을 꿨다. 여자애

는 여느 때처럼 내 앞을 막고 "놀아줘!" 하고 악을 썼다. 언제나처럼 그것이 꿈인 걸 아는 나는 처음으로 다른 행동을 취했다. 싫다고 말하거나 누구냐고 다그치는 대신 여자애를 끌어안았다. 그리고 이렇게 말했다.

"너 외롭지? 심심하지? 알아. 내가 잘 알아. 그래도 괜찮아. 너 씩씩하게 잘 살 거야. 그러니까 너무 외로워하지 마. 내가 자주는 기억 못 해도 잊지는 않을게."

그날은 꿈에서 깨 처음으로 울었다. 그 아이가 꿈에 다시 나오는 일은 없었다. 지금까지도.*

리키의 문장은 '희망'이고 피노키몬은 사랑받지 못한 아이의 상태에서 멈춰버린 디지몬이다. 그리고 리키의 디지몬인 '파닥몬'은 디지몬 중에서 가장 늦게 진화하는 캐릭터다. 그리고 그 진화의 순간은 데블몬을 상대하다 모든 디지몬이 패배하고 파닥몬만 남았을 때, 리키를 움켜쥐려는 데블몬의 거대한 손아귀로 달려들며 시작된다. 그 순간 데블몬의 손 틈으

* '자아 안정 훈련'을 다룬 단편 「노을 건너기」에 이런 내 경험이 녹아 있다.

로 빛이 뿜어져 나오며 파닥몬이 엔젤몬으로 진화한다. 엔젤몬은 필살기를 쓰며 데블몬을 물리친다. 하지만 너무 막강한 힘을 사용한 나머지 데블몬과 함께 데이터로 흩어진다. 리키에게 꼭 다시 만나자고 약속하며, 알로 돌아간다. 리키가 가진 희망이란 가장 늦고 더딘, 당장 보이지는 않지만 분명히 존재하는 성장이다. 지금은 없지만 악당의 손 틈에서 빛이 되는. 그리고 이건 피노키몬이 유일하게 이루지 못한 단 한 가지였다.

**피노키몬** 쥬레이몬, 나한테 부족하다는 게 대체… 뭐야아….

피노키몬은 몸에 박힌 '검은 톱니바퀴'*가 멈춰가는 순간 자신이 죽였던, 가장 충실했던 부하 쥬레이몬을 떠올린다. 그리고 쥬레이몬이 했던 말을 떠올리지만 끝끝내 피노키몬은 자신이 성장하지 못한 존재임을 깨닫지 못한 채 멈춰버린다. 하지만 그것이

* 디지몬을 악하게 만드는 일종의 악성 바이러스. 이에 대해서는 〈악당의 심장에는 검은 톱니바퀴가 있다〉에서 자세히 설명했다.

피노키몬의 끝은 아닐 것이다. 디지털 세계에서는 소멸된 디지몬의 데이터가 다시 알이 되니까.

나는 디지몬의 진화 형태가 정해져 있지 않다는 것도, 그 진화가 완전한 성장이 아니라는 점도 좋다. 디지몬은 언제든, 어떤 형태로든 진화할 수 있고 다시 돌아온다. 잘못 진화하면 다시 진화하면 된다. 스스로가 마음에 들지 않거나 무언가 그릇된 것처럼 느껴지면 나는 이 문장을 자주 상기한다. '괜찮아, 다시 진화하면 돼.'

내가 이 에피소드를 제일 좋아하게 된 건, 가장 어린 리키가 궁극체인 피노키몬을 상대하기 때문이기도 하지만 무엇보다 피노키몬이 리키를 통해 다시 진화할 기회를 얻게 될 거라는 희망 때문이다. 상처받고 외롭고 두렵지만, 용기와 위로 한마디로 언제든 다시 진화할 수 있는 인물이 등장하는 이야기가 좋다. 내가 청소년이 등장하는 소설을 많이 쓰는 데에는 이런 이유가 있을지도 모르겠다.

# 세계가 너무 작지 않던?

나의 첫 타투는 2018년, 왼쪽 팔 안쪽에 그린 고래다. 타투를 하고 싶어서 고래를 선택한 것이 아니라 고래를 남기고 싶어 그 수단으로 타투를 결심했다. 세상에서 가장 큰 생명체를 몸에 새기면 세상이 작고 답답하게 느껴지는 이유를 둘러댈 수 있을 것 같았다.

나는 살면서 네 번 고래를 만났다(살아 있는 고래를 실제로 본 적은 아직 없다). 내게 각인된 첫 번째 고래는 크고 무서웠다. 동화 『피노키오』에서 피노키노와 안토니오를 잡아먹은 고래. 그것이 내게 얼마나 강렬했냐면, 성인이 되어 애니메이션을 다시 보기 전까지 『피노키오』를 소년이 고래에게 잡아먹히는 이야기로 취급했을 정도였다. 고래는 사람과 집을, 배를, 통째로 삼킬 수 있을 정도로 크구나! 그런 고래가 사는 바다는 대체 얼마나 큰 걸까.

두 번째로 만난 고래는 디지몬 세계에 사는 '고래몬'이었다. 아이들은 데블몬을 물리친 후 더 큰 악당을 물리치기 위해 뗏목을 타고 파일섬을 떠나 서버대륙으로 향한다. 그러다 고래몬을 마주친다. 여기서도 아이들은 고래에게 잡아먹힌다. 여기서 끝났다면 고래는 내게 인간과 집을 삼키는 존재로 더 오래 남았겠지만, 다행히 아이들은 고래몬의 배 속에 박혀 있던 검은 톱니바퀴를 제거해 고래몬을 원래의 모습으로 돌려놓는다. 거대한 덩치에 어울리는 뱃고동 같은 목소리로 고래몬이 말한다.

**고래몬** 죄송해요. 저 때문에 많이 무서우셨죠.

정중한 태도와 말투에 깜짝 놀랐던 기억. 고래는 그날 이후로 내게 중절모를 쓴 신사가 되었다. 사람과 배를 삼킬 수 있을 정도로 거대하지만 그렇게 쉽게 사람을 해치지 않는, 자신의 거대한 덩치 때문에 겁먹었을 사람에게 사과할 줄 아는 신사.

그 뒤로는 〈디지몬 어드벤처〉만큼이나 좋아하는 만화 〈원피스〉에서 고래를 만났다. 거기에서도 고래는 역시나 중절모를 쓴 신사였다. 육지의 주인을 인간이라고 생각했던 시절, 바다의 주인은 고래 같았다. 지구본을 보면 육지보다 더 큰 바다가 지구를 감싸고 있다. 아빠가 있는 멕시코와 사우디아라비아, 에콰도르에 가려면 어딜 가든 바다를 건너야만 했다. 그럼 고래를 만나겠구나. 고래가 데려다줄 수도 있겠구나.

마지막으로 고래를 마주한 건 열다섯 살 때였다. 우울증과 사춘기를 아슬아슬하게 오가던 시기였다. 초등학생 때부터 있었던 옅은 공황장애가 그때까지도 이어졌을 것이다. 이 역시 사후(事後) 진단이지만, 어쨌거나 누군가와 대화하다가도 한순간에 고립되는 느낌이 밀려들고 숨이 막히는 증상이 지속되었다. 산소가 모자랐다. 아파트와 차가 너무 많았고, 거리에 인간만 가득한 것도 이상했다. 분명 여기가 끝이 아닐 텐데, 이게 전부가 아닐 것 같은데, 이게 전부면 안 되는데….

나는 이제 스스로를 태어나길 그렇게 태어난 인간이라고, 다른 사람보다 적막과 우울, 외로움에 집중하도록 태어난 인간이라고 인정하지만 열다섯의 나는 나 자신을 그렇게 정의할 만큼 성숙하지도, 강단 있지도 못했다. 내가 남들과 다르다는 생각은 남들보다 어딘가 부족하다는 초조함이 됐고, 이곳에서 벗어날 수 있을 거라는 다급한 희망에 목매달다 어느 순간에는 이런 답답함이 지속될 바에야 이쯤에서 삶을 마감해도 되지 않을까 싶었다. 그 생각에 도달하기까지 모든 사고의 흐름이 유연하고 평화로웠다. 두려움이나 공포, 경각심, 슬픔도 없었다. 오히려 이 답답함을 해결할 방법이 아예 없는 건 아니라는 안도감을 느꼈다. 이런 상태는 몇 년 정도 이어졌다. 언제라도 떠나면 된다는 마음으로, 땅에서 한발 뜬 채 사는 기분이었다. 산뜻했다.

동시에 엄마에게 큰 상처를 주었다(지나간 일에 후회나 미련을 잘 두지 않는 내가 유일하게 후회하는 일이기도 하다). 죽음을 꿈꾸는 딸을 붙잡기 위해 엄마가 내게 건넨 건 소주였다. 안방에서 작은 밥상을 펴고 엄마와 소주를 마셨다. 분명 새로 깐 기억이 선명한데 이상하게 물처럼 밍밍했던 소주.

"아무 맛이 안 나."

"소주가 물처럼 느껴지면 인생이 힘든 거야. 네가 지금 힘들어서 그래. 그만큼 힘든 거야."

하지만 나는 답답했던 것이지 힘든 것은 아니었다. 그 차이를 모른다면 엄마와 대화를 더 나눌 수 없을 것 같았다.

"엄마, 지구는 왜 우주에 둥근 채로 있어? 근데 왜 인간은 밖에 못 나가고 지구에만 있어? 왜 다른 세계는 없어?"

엄마가 뭐라 대답했는지는 기억나지 않는다. 그저 내가 허무맹랑한 말을 했고, 그 말에 대해 엄마가 화내지 않았다는 사실만 기억한다. 엄마는 잠든 내 손과 팔을 내내 어루만졌다. 소주의 각성 효과 때문에 잠들지 못한 새벽이어서, 나는 엄마가 하염없이 내 손을 잡고 있다는 걸 알고 있었지만, 그것이 마치

이 세계에 나를 묶어두려는 엄마의 간절한 몸짓 같았지만, 그 손길을 외면하고 잠든 척했다(몇 년 후에 엄마가 그 간절함을 복수하듯 돌려줄 줄 알았다면 그때 손을 꽉 잡을 걸 그랬다).

나는 소주의 맛이 느껴지지 않는 학생이구나. 그런 생각으로 웹서핑을 하던 어느 날, 흥미로운 게시글을 발견했다. '실제 흰수염고래 크기'라는 제목이었다. 아무 생각 없이 게시글을 클릭한 나는 순식간에 깜깜해진 모니터를 마주했다. 컴퓨터가 꺼진 건가 싶어 데스크톱을 때리는데 스피커를 통해 아득하게 고래 울음이 들려왔다. 나는 마우스 휠을 돌리며 천천히 화면을 조정했다. 그렇게 이리저리 움직이다 모니터 화면에 가득 찬 고래의 눈과 마주쳤다. 컴퓨터가 꺼진 게 아니라 실제 고래 크기를 그 정도밖에 담지 못한 것이었다. 나를 바라보는 고래의 고요한 눈. 모니터에 갇힌 고래.

까마득하게 잊고 있던 고래몬이 떠올랐다. 모니터를 통해 디지몬 세계에서 고래몬이 나를 보고 있었다. 디지몬 세계를 답답하게 느끼며, 내가 사는 이 세계로 오고 싶어서, 나에게 잘 지냈냐고 물어오는 것 같았다.

그날 밤 잊고 있던 〈디지몬 어드벤처〉를 1화부

터 다시 보았다. 그 세계가 여전히 그곳에 있음에, 모니터 너머에 나처럼 답답해하는 고래가 갇혀 있음에 어떤 위로를 느꼈다.

그럼, 조금만 더 믿어볼까. 나도 아직 디지털 세계로 갈 수 있다고. 내게도 선택받을 기회가 남아 있다고. 내게 주어진 문장이 아직 뭔지 모르니까, 살다 보면 알게 될지도 모르니까 조금만 더 기다려볼까…. 십대의 끝자락에서, 나는 다시 한번 디지털 세계를 꿈꿨다.

나는 여전히 고래의, 고래몬의 눈을 마주했던 그 순간의 감각을 선명하게 간직하고 있다. 아주 작은 구멍으로 시원하고 긴 호흡을 내뱉는 느낌. 그런 숨을 쉴 수 있게 만드는 작품을 쓸 수 있다면 정말 좋을 텐데.

내 왼팔에는 고래몬이 있다. 나는 디지몬 세계로 가는 것에 실패했지만, 고래몬은 더 큰 세계를 넘나들기를.

# 내 문장은 빛나지 않을 거야

(앞서 잠시 언급했듯이) 선택받은 아이들에게는 각자에게 주어진 문장이 있다. 이 문장들은 목걸이 형태로 존재하며, 이 문장이 있어야만 완전체 이상의 진화가 가능해진다. 아이들은 서버 대륙으로 향하던 중, 데블몬이 숨겨둔 무언가가 있다는 정보를 고래몬으로부터 얻게 된다. 그렇게 찾아낸 것이 바로 문장 목걸이이다. 하지만 문장이 들어 있지 않은 빈 목걸이였다. 아이들은 목걸이 안에 들어갈 문장을 찾아내야 데블몬보다 더 센 디지몬을 상대할 수 있다는 것을 알게 되며, 자신의 문장을 찾아 나선다. 그때까지 아이들은 자신에게 어떤 문장이 부여됐는지도 모르는 상황이었다.

아이들은 각기 다른 장소에서 자신의 문장을 발견하고, 문장을 획득한 후 각성을 하며 그 힘을 얻는다. 태일이의 문장은 '용기'이므로 태일이가 용기를 내는 순간 문장의 힘을 발견하게 되는 식이다. '지식'의 문장은 한솔이가 탐구심을 되찾는 순간에, '순수'의 문장은 미나가 타인을 보며 눈물 흘리는 순간에, '희망'의 문장은 리키가 최악의 상황에서도 희망을 잃지 않은 순간에 빛난다. 아이들이 이렇게 차츰 자신의 문장이 가진 진짜 의미를 찾아가며 디지몬을 진화시킬 때, 자신의 문장이 두려워 끝내 숨어버리는 아이가 있다. 바로 소라다.

자신의 디지몬과 쉽게 친구가 된 다른 아이들과 달리 소라는 피요몬에게 선뜻 마음을 주지 못했다. 특히 피요몬이 부리는 어리광을 버거워했다. 소라는 생각이 깊어 고민도 많고, 아이들이 다툴 때도 그들을 말리며 상황을 진정시키는 어른스러운 캐릭터다. 그런 소라가 어리광 부리는 피요몬을 버거워한다는 것은 소라의 캐릭터가 가진 의외성이다.

소라는 축구를 좋아하는 열한 살 소녀다. 축구부의 주 공격수로서 리더십 강한 면모를 보여주며, 친구들과의 관계도 좋다. 그래서 당시 소녀 캐릭터라고 하면 흔히 표현되는 긴 생머리나 치마가 아닌, 짧은 머리에 모자, 청바지를 즐겨 입는 캐릭터로 나온다. 그런 소라의 어머니는 꽃꽂이를 가업으로 하는 집안의 차기 당주다. 그리고 어머니는 소라의 축구를 못마땅하게 여긴다. 축구 시합이 있던 어느 날 아침, 소라의 어머니는 다친 발로 무슨 축구를 하냐며 소라에게 시합에 나가지 말라고 강경하게 말한다. 여자애가 무슨 축구를 하냐고. 엄마를 따라 꽃꽂이를 하라고. 소라는 자기는 엄마와 같지 않다며 화를 내고 싸웠으나 결국 시합에 나가지 못하고 소라의 축구팀은 그날 시합에서 졌다.

태일이가 에테몬과 싸우다 현실 세계로 떨어진 에피소드에서, 디지털 세계에 남아 있던 아이들은 태일이를 찾기 위해 흩어진다. 소라는 이때 태일이가 돌아온 뒤에도 모습을 드러내지 않고 아이들을 남모르게 도와주다가 끝내 아이들에게 발각된다. 왜 숨어 다니냐는 아이들의 질문에 소라는 이렇게 대답한다.

**소라** 내 문장은 빛나지 않을 거야. 나한테 사랑이 없으니까.

태일이는 소라와 '사랑'의 문장이 잘 어울린다고 말하지만 소라는 자신과 어울리지 않는다고 발끈한다. 사랑을 받은 적이 없으니 자기 안에 그런 게 있을 리 없다고, 소라는 생각한다. 적어도 그때는.

디지몬에게 진화는 단계별 목적지와 같다. 한 단계 더 센 디지몬을 이기려면 자신도 그 단계로 올라가야 하기 때문이다. 한마디로 세상을 구하기 위해선 끊임없이 단계를 깨고 올라가야 한다. 한편 진화는 아이들에게도 일어난다. 모험 만화에서 진화, 기술의 획득은 곧 성장이다. 디지몬이 진화하려면 아이들이 필요하고 아이들에게는 문장이 필요하다. 문장은 용기, 우정, 사랑, 지혜 따위의 추상적인 단어로 되어 있고 아이들이 성장하기 위해 깨달아야 하는 것이다. 이런 측면에서 십대 초반인 주인공들이 깨닫는 것은 바로 각자의 잠재력인 셈이다. 달리 말하면 그들이 타고난 재능이라고 할 수도 있겠다.

내가 내 재능을 처음 알아차린 건 열두 살 때이다. 우선 이 이야기를 하기 전에 우리는 재능이란 단어를 덜 비범하게 여길 필요가 있다고 말하고 싶다. 사회에서는 재능에 천재성을 부여하지만 화려한 껍질을 벗긴 재능이란 어느 날 갑자기, 누가 시키지 않았음에도, 불현듯 그것을 '계속하게 되는 힘'에 다름 아니다. 시킨 이가 없는데 내가 그 행위를 계속하고 있다? 그렇다면 그것에 재능이 있다고 봐도 좋다. 내게 그것은 이야기였다. 망상이라 해도 좋을 법한, 글쓰기로 정형화되기 이전의 더 날것의 이야기(그러니까 망상도 때로 재능이 된다).

『작가의 루틴: 소설 쓰는 하루』에서 밝힌 바와 같이 나의 첫 망상은 산에 숨어 사는 호랑이였다. 언제부터였는지는 모른다. 내가 무언가를 상상한다는 걸 인식하기 전부터, 나는 이미 산에 둘러싸인 고속도로를 차를 타고 달릴 때마다 산에 숨은 호랑이와 눈이 마주칠 거라는 기대감으로 창밖에서 시선을 뗄 줄 모르는 아이였다. 아마 한반도에는 이제 야생 호랑이가 없다는 말을 어디선가 주워들은 후였을 거다. 아직 죽지 않은 호랑이가 있기를, 그리고 내 눈에 발견되기를 바랐고 그렇게 눈이 마주친 호랑이가 나를 새로운 세계로 데려다줄 거라고 믿었다.

그다음 망상은 새벽마다 지구를 구하는 소녀 히어로였다. (가끔은 내가 히어로일 때도 있었지만) 나는 대개 그의 친구였다. 나 역시 스파이더맨 옆에서 노트북 두드리는 친구와 같은 존재지만 함부로 히어로의 정체를 까발리면 안 되니 아침이면 그 사실을 기억하지 못하게 된다고 생각했다. 이쯤 되면 몇몇 독자는 예측할 것이다. 다음 순서는 외계인이겠군! 맞다. 외계인도 있었다. 하지만 〈디지몬 어드벤처〉가 먼저다. 디지털 세계가 있다는 걸 알게 된 후로, 고래몬과 모니터에서 눈을 마주친 후로 나는 이 세계보다 더 큰 세계가, 지구 밖에 또 다른 지구가 있을 거라고 확신했다. 아서 코난 도일의 『잃어버린 세계』에서처럼 지구 어딘가에 감춰진 세계가 있을 것이고, 〈이웃집 토토로〉처럼 고양이 버스가 나를 어딘가로 데려다줄 것이라고 생각하면서 〈E. T.〉의 외계인이 나타나도 그 모습에 놀라지 않을 연습도 해두었다.

나의 재능은 디지털 세계로 갈 수 있을 거라 확

신한 것, 즉 다른 세계를 상상하는 것이었다. 그 재능은 어쩔 수 없이 나를 이 세계로부터 멀어지게 했지만, 그래도 그것은 부정할 수 없고 부정하고 싶지도 않은 나의 것이었다.

나는 나의 재능 덕에 마주친 세계를 가족과 친구에게, 그리고 이름을 알지 못하는 모두에게 보여주고 싶었다. 그러기 위한 수단 첫 번째. 영화를 찍는다. 몇 번의 인터뷰에서 말했듯이 내 원래 꿈은 영화감독이었다. 어쩌면 당연한 순서였을지도 모른다. 만화와 영화에 빠져 사는 아이였고, 내가 마주치는 세계는 그런 매체와 잘 어울렸다. 하지만 그때는 정확히 어떤 걸 해야 영화감독이 되는지 아직 알지 못했고, 바로 영화를 찍을 수도 없는 상황이었기에 그 꿈은 잠시 보류해야 했다.

두 번째 수단은 만화였다. 만화가가 되겠다고 열두 살에 다짐했다. 어렸을 때부터 미술에 재능이 있다는 말을 심심찮게 들어왔던 터라 자신 있었다. 그즈음 나는 다시 광명에서 인천으로 돌아온 뒤였고, 나는 아파트 단지 상가에서 미술학원을 찾아내 엄마에게 부탁했다. 엄마는 선뜻 학원을 등록해줬는데, 결론부터 말하자면 학원을 잘못 선택했다. 열심히 선을 긋고, 동그라미를 그리고, 명암을 넣기를 몇 달. 드디어 사물과 풍경을 그리기 시작했을 무렵 나는 내가 마주친 세계를 반영하기 위해 나무 줄기에 보라색 물감을 덧칠했는데, 그걸 본 미술학원 선생님이 "너 정신이 오락가락하니?" 하고 물었다(사실 좀 더 세고 차별적인 단어를 썼는데, 그 단어를 옮기는 것조차 싫어서 순화한다. 하지만 지금까지 토씨 하나 틀리지 않고 기억한다). 수업 도중에 컵라면을 먹으며 학원생들 외모 품평을 하던 장발의 남자 선생님이었다. 나는 얼떨떨한 표정으로 되물었다.

"나무를 보라색으로 칠하면 안 돼요?"

"너 바보냐? 세상에 보라색 나무가 어디 있냐?"

이 세상에는 없겠지. 다른 세상에 있으니까. 하지만 보라색 줄기를 가진 나무가 지구상에 정말 없을까? 인간의 발길이 닿지 않은 지구 어딘가에는 있지 않을까?

상처받은 나는 그날로 학원에 가지 않았다. 그림은 내 재능이 아니었던 거다. 정말 재능이었다면 나는 어떻게든 이를 악물고서 계속했을 것이다.

친구 J는 열두 살과 열세 살 때 나와 같은 반이었던, 우리 반에서 가장 키가 크고 미술을 잘하던 친구였다(이 친구의 천재성도 내가 미술을 포기하게 된 이유 중 하나다).

어쨌거나 열두 살 우리는, 내가 미술학원에서 상처받고 그만둔 후 시간 여유가 생긴 김에 야심 차게 다이어트 계획을 세웠다. 저녁마다 두 아파트 사이에 있는 놀이터에서 만나 줄넘기 5백 개를 하자는 계획이었다. 어슴푸레한 여름 저녁, 우리는 줄넘기를 들고 만났지만 줄넘기는커녕 아파트 단지를 뱅글뱅글 돌거나 정자에 앉아 전날 꿨던 꿈의 내용을 말하고 그 꿈의 뒷이야기를 지어내며 놀았다. 친구가 어느 날 문득, 내게 말했다.

"소설 써보는 거 어때?"

내 반응은 떨떠름했다.

"소설? 나 책 안 읽는데."

우리 집의 독서 우등생은 언니였다. 아주 어렸을 때부터 언니는 책을 좋아했다. 공부도 잘했던 걸 보면 책상에 앉아서 하는 모든 행위를 즐겼던 것 같다. 나는 아니었다. 나는 앉아 있기를 거부하는 어린이였다. 언니 옆에서 책 읽으라는 엄마의 말에 나는 조용히 방으로 들어가 벽에 낙서를 했다. 그러면 엄마는 화내지 않고 방 벽에 전지(全紙)를 붙여주는 사람이었는데 나는 그 노력이 무색하게 내 몸만 한 의자를 끌고 와 밟고 올라서서 전지보다 더 높은 곳의 벽지에 또 낙서를 했다. 받아쓰기 백 점 한번 맞아본 적 없는 화려한 전적에 청소년 필독서인 『어린 왕자』를 성인이 되어서야 눈물을 줄줄 흘리며 읽었던 나다.

"꼭 책을 읽어야 소설을 쓸 수 있는 건 아니잖아. 너 한글 쓸 줄 알잖아. 그럼 됐지."

그때 친구가 해준 말은 여태껏 내가 뼈에 새기고 있는 삶의 이정표 중 하나다. 모두가 모든 것을 완벽하게 준비하고 시작하지 않는다. 우리는 아무 준비 없이 피아노 건반을 누르고, 어쩌다 크레파스로 그림을 그리고, 규칙도 모른 채 축구공을 찬다. 어떤 일을 시작할 때, 우리는 그것의 정체를 전부 알고 하지 않는다. 희끄무레한 빛, 크기를 알 수 없는 그림자, 그런 것을 더듬으며 나아간다. 공부는 더 자세히 알기 위한 후속 단계이지, 출발점에서부터 이고 가야 할 건 아니란 말이다. 친구의 말처럼 나는 상상을 하고, 글쓰기의 도구인 글자를 알고 있다. 그럼 쓰면 된다. 이야기의 구성, 주제, 인물을 직조하는 구조적 접근은 나중의 일이다.

그렇게 세 번째 수단, 아니, 남은 것 하나. 글. 책은 징그럽게 안 읽으면서 소설부터 썼다(그래서 내가 대뜸 예술고등학교 문예창작과로 편입하겠다고 했을 때 부모님은 더 어이가 없었을 것이다). 내게 남은 마지막 수단이었다. 이것도 안 되면 아무것도 안 하려고 했는데, 이럴 수가. 소설 쓰는 것이 너무 재미있었다!

그건 감히 재능이라 말할 수 있었다. 누군가 내 글을 헐뜯으면, 이를 악물고 썼다. 아무도 기다리지 않는데 혼자 완결해 냈다. 밤새워 글을 썼다. 글을 쓰는 동안 현실 세계가 차단되고 글에 완전히 몰입하며 빠져들게 되는 것이 좋았다.

나는 일인칭 화자의 시점으로 세상을 본다. 내가 만든 인물, 내가 만든 도시, 내가 만든 행성, 내가 만든 규칙들 속에서 자유롭게 움직이는 삶을 본다. 얼마나 벅차고 흥분되는 일인지. 아무것도 없던 백지에 조그만 글자가 채워지면 세상이 만들어진다. 내가 글을 멈추면 일시 정지 버튼을 누른 것처럼 인물들이 멈추고, 글을 지우면 모든 것들이 되감긴다. 그렇게 나는 세상과 인물을 묘사하면서 영화감독이 되고 화가가 된다. 그렇게 글이 내게 열어준 차원은 무한한 공간이었다.

소설가란 단어는 어쩐지 너무 무겁고 중후한 느낌이라 작가가 되기로 마음먹었다. 그런데 이내 작가도 너무 멀고 어렵게 느껴졌다. 그래서 나는 '쓰는 사람'이 되기로 했다. 어디서 무슨 일을 하든, 어떤 상황이나 함정에 빠지든 '쓰는' 것만은 잃지 않는 사람이 되기로. 쓴다. 별 몇 개만 간신히 반짝이는 아파트 단지의 밤하늘을 바라보며 나 자신에게 약속했다.

끊임없이 상상하고, 끊임없이 쓰는 삶. 이 두 개만 지킬 수 있다면 어떤 일이든 견딜 준비가 되어 있었다. 내 삶의 역경과 숙제란 오롯이 내 안에 존재하는 고독뿐이라 생각했다. 얼마나 오만한 다짐인가? 세상은 그리 만만하지 않은데. 사람들이 의지가 없어 가장 소중한 것을 포기하는 것이 아닌데.

*

엄마는 뇌출혈로 쓰러진 뒤 뇌 손상으로 인한 지체장애 판정을 받았다. CT와 엑스레이로 찍은 엄마의 뇌를 보면 앞부분이 까맣다. 의사는 뇌가 죽은 거라 했지만 내 눈에는 그저 우주 한 덩어리가 들어가 있는 것처럼 보였다.

"그렇지만 뇌는 특정 부위가 죽으면 다른 부위에서 그 역할을 하려 하기 때문에, 운동하고 치료받으면 나아질 수 있어요. 무엇보다 젊으시니까 더 빠르게 좋아지실 겁니다. 그래도 산 게 어딥니까. 보통은 죽어요. 수술대에 눕지도 못하고 즉사해요."

지주막하출혈. 엄마의 병명이다. 다른 말로는 거미막하출혈. 지주막하에는 뇌대동맥이 지나간다. 그 뇌대동맥류가 파열되는 경우가 지주막하출혈의 65퍼센트다. 수술 전, 엄마의 CT를 확인한 다른 의사는 이렇게 말했다.

"지주막하출혈은 보통 터진 순간 사망합니다. 그리고 나머지는 이송 중에 사망하고요. 나머지는 수술하다 사망하세요. 아직 어머니가 의식이 있긴 하지만(그렇지만 엄마는 이 상담 도중 의식불명에 빠졌다) 수술실에 들어가도 장담은 못 드립니다. 우선 제 교수님이 뇌대동맥 수술로 유명하셔서요, 바로 연락드렸어요. 수술 가능하다고 하시니 바로 이송하겠습니다."

집에서 분당의 종합병원에 입원해 검사를 받는데 두 시간, 서울 순천향대병원으로 이송하는 데 한 시간, 뇌압이 너무 높아 뇌압이 떨어지기를 기다리는 세 시간, 수술 다섯 시간. 보통 바로 사망한다는데, 엄마는 열한 시간이 넘도록 버티고 살았다. 이후 병원에서 만나게 된 사람들은 전부 엄마가 어려서 버틴 거라고 했다. 하지만 엄마는 어려서라기보다 강해서 버텼다. 일단은 이렇게 말해두고 싶다.

아빠는 에콰도르에서 열여덟 시간에 걸쳐 날아왔다.

우리가 아빠에게 한 첫 번째 전화.

"엄마 쓰러져서 병원 왔어. 가벼운 몸살 같대, 검사 중."

두 시간 뒤, 아빠에게 한 두 번째 전화.

"엄마 뇌출혈이래. 서울 순천향대병원으로 옮길 거래. 바로 수술 들어갈 거래. 의식은 없어."

아빠는 곧장 회사에 사정을 말하고 비행기에 올랐다. 이후로 아빠와 연락된 건 아빠가 경유지인 두바이에 도착했을 때, 딱 한 번이었다.

"수술 어떻게 됐어?"

"아직. 뇌압이 너무 높아서 떨어트리고 있대. 오고 있어?"

"그래."

"조심히 와."

죽을 때까지 내가 가늠조차 하지 못할 두 가지가 있는데, 하나는 엄마의 의식이 아득해진 순간 엄마가 느낀 감정이고, 또 하나는 연락도 되지 않는 하늘에 갇힌 아빠가 열여덟 시간 동안 어떤 생각을 했을지다. 착륙하자마자 핸드폰 비행기 모드를 풀며 혹시나 장례식장 주소가 와 있을까 두렵지는 않았을지.

첫 번째는 이제 물어도 들을 수 없고, 두 번째는 일부러 묻지 않는다. 버겁다.

잠든 열다섯 살 나의 손을 꼭 잡고 있던 엄마처럼, 스물한 살의 나는 순천향대병원 수술실로 이송되는 엄마의 엄지발가락을 잡고 뛰었다. 잡을 곳이 없었다. 나도 손을 잡아주고 싶은데, 내가 여기 있으니 떠나지 말라고 잡고 싶은데 양옆으로 의사와 간호사가 잔뜩 붙어 있어서 그럴 수 없었다. 그래서 엄마의 따뜻하고 뭉툭한 엄지발가락을 꽉 잡고 빌었다. 나 여기 있으니까 어디 가지 마, 이 세계에 꼭 붙어 있어.

엄마도 다행히 내 부탁을 들어주었다. 엄마가 살았으니 정말 다행이었다. 그 순간에는 그랬다. 이후에 펼쳐질 어마어마한 돌봄노동의 지옥은 꿈에도 모른 채….

엄마가 쓰러졌을 땐 엄마를 잃는 게 가장 무서웠지만, 엄마가 수술실에서 살아서 나온 이후로 나를 가장 무섭게 했던 건 병원비였다. 경황없는 아빠를 대신해 원무과에서 진료비를 수납했다. 대략 3천만 원 정도가 청구됐다. 국민건강보험과 실비보험이 적용되지 않은 금액은 단위부터 달랐다. 그런 액수는 살면서 처음이었다. 화장실에 몰래 숨어 숫자를 몇 번이고 다시 세었다. 3천만 원이라니. 아빠한테 그 정도 목돈이 있나?

그때부터 모든 것이 초조해졌다. 걱정은 하나였다. 돈. 앞으로 엄마에게 들어갈 돈은 더 많을 텐데, 아직 언니와 나는 대학도 졸업하지 않았다.

삶의 우선순위가 바뀌었다. 첫 번째는 돈. 그러니까 돈. 돈이 있어야 가족을 지킬 수 있었다. 자연스럽게 모든 것이 뒤바뀌었다. 여전히 작가가 꿈이었지만 작가가 되는 건 어렵다. 그리고 작가가 돈을 잘 버는 것 같지는 않다. 물론 세계적인 작가들은 돈을 엄청나게 벌겠지만, 내가 그런 작가가 될 거라고 기대할 수는 없다. 엄마에게 들어가는 돈은 그렇다 쳐도, 만일 아빠도 몸이 좋지 않은데 돈이 없어서 치료를 포기하면 어쩌지? 우리에게 그걸 숨긴다면? 생각만 해도 끔찍하다.

온갖 일을 다 했다. 일만 했다. 카페 알바와 과외, 바이럴 회사, 중소 엔터테인먼트 기업, 단역배우 등등. 대학생 때 학생회 활동을 했었는데, 돈이 없어서 행사에 참여하지 못했다. 솔직하게 말하면 됐을 텐데 그러지 못했다. 대인관계도 포기하며 지냈다. 하루에 삼각김밥과 두유 하나를 먹고 살았던 것 같다. 머리카락이 너무 많이 빠져 병원에 갔을 때는 영양실조 때문이라고 했다. 아빠한테 말하지는 않았다. 글쓰기 과외를 하며 아이들에게 상상하라고, 인물을 사랑하고 마음껏 세계를 여행하라고 말하는 순간에도 내 차원은 하나둘씩 닫혀갔다. 모두가 이렇게 사는 거라고, 누구나 힘든 거라고, 그러니 나만 특별히 불행하다 여기지 말자고 매일 생각했다. 그때는 그 방식이 냉철하고 어른스러운, 삶을 대하는 올바른 자세라고 생각했으나 틀렸다. 그때 나는 어렸고, 그 생각은 자기 학대였다.

그렇게 스물한 살에서 스물여섯 살이 되었다. 내 안에 아무것도 없었다. 빛날 문장이 없었다. 세계는 평면적이고 무채색이었다. 많이 웃고, 많이 떠들었지만 우울증을 앓았다. 불면증이 심했고 가만있으면 이유 없이 눈물이 났으며 차에 뛰어들거나 누군가에게 살해당하는 상상을 했다.

졸업 시즌이 왔을 즈음, 그런 나를 박 교수님이 불렀다. 나는 소설을 가르치시는 박 교수님께 따로 찾아가 내가 쓴 글을 읽어봐주십사 부탁했던 그 기수의 유일한 학생이었는데, 박 교수님은 그런 내가 언젠가 반드시 소설가가 될 거라 믿으신 모양이다. 집

안 사정을 알고 있는 박 교수님은 여느 때처럼 제일 먼저 엄마의 안부를 물었다. 나는 누구에게나 똑같이 대답했다.

"건강히 잘 지내세요."

엄마는 지체장애를 앓고 있을 뿐 건강한 상태였다. 그러니 거짓말은 아니었다.

"써야지, 소설. 계속."

하지만 교수님, 제게는 그럴 여력이 없어요. 쓰는 사람이 되고 싶은데 안에 든 게 없어요. 텅 비어서 뭘 써야 할지 도무지 모르겠는데요.

정말로 나는 그때 내 안의 모든 이야기가 다 사라졌다고 느꼈다. 다른 차원으로 넘나들 수 있던 문은 모조리 닫히고 망가져 폐허가 되었다. 그렇게 말하고 싶은 걸 참으니, 말이 답답했는지 기어코 눈물로 비집고 나왔다. 남들 앞에서 울지 않으려고 화장실, 옥상, 복도 구석에서 울던 나여서 그 상황이 몹시 당황스러웠다. 하지만 교수님은 평온하게 휴지 한 장을 뽑아주고는 이리 말했다.

"너는 지금 네 인생의 바닥을 치고 있구나. 실컷 쳐라. 지금 너는 네 안에 있는 이야기를 더 단단하게 만들기 위해 바닥을 치는 시기인 거다. 그렇게 손바닥으로 자신의 바닥을 쳐봐야 다른 사람의 마음도 울릴 줄 아는 거야. 그 마음으로 소설을 써라."

*

묘티스몬과의 싸움에서 피요몬이 크게 다친다. 피요몬은 더 싸울 수 없는 상태인데도 소라를 지키겠다고 묘티스몬에게 달려든다. 소라는 그런 피요몬을 끌어안고 화를 낸다. 이렇게 다쳤는데 어떻게 싸우냐고 말이다. 피요몬은 소라를 뿌리치며 소라를 지켜야 한다고 외치고, 소라는 그런 피요몬을 놓치지 않으려 꽉 끌어안다 문득 깨닫는다. 자신이 엄마와 똑같은 말을 하고 있다는 것을. 엄마는 그때 발목이 다쳤는데도 축구 시합에 나가겠다는 소라를 걱정했던 것이란 걸. 자신은 언제나 사랑받고 있고, 자신 안에도 사랑이 있다는 것을.

그 순간 '사랑'의 문장이 빛난다. 피요몬은 버드라몬으로, 그리고 곧바로 완전체인 가루다몬으로 진화한다. 가루다몬은 새와 인간의 형상을 섞은 외형으로 디지털 세계에서는 자연의 수호신이다. 사랑을 찾은 소라가 진화시킨 디지몬이 정의와 질서를 그리고 자연을 사랑하는 디지몬으로 진화하다니, 정말 완벽하지 않은가. 가루다몬은 소라와 친구들을 데리고 그곳을 무사히 빠져나간다. 나는 자주 이 에피소드를 돌려 본다. 소라가 자신에게 사랑이 있다고 알게 되는 것이 좋았다. 어쩌면 소라의 문장이 '사랑'이라서, 바로 그 단어라서 더 좋았던 걸지도 모르겠다.

비록 박 교수님의 말을 듣는 순간 닫혔던 차원의 문이 활짝 열리고 보라색 나무가 있는 다채로운 세상을 되찾았던 건 아니지만 적어도 그 순간 나의 문장이 빛났다. 여기 있다고, 말하고 있었다. 이제는 없다고, 더는 되찾을 수 없다고 믿었던 그것이 사실 내 안에 있음을. 그건 비록 색이 바랬을지라도 언제든 만날 수 있는 곳에 그대로 버티고 있었다.

나는 지금 손바닥으로 바닥을 치고 있구나, 소설을 쓰기 위해, 사람의 마음을 울리기 위해. 그런데 도대체 어떻게 써야 할지, 소설을 써도 되는 게 맞는지 알 수 없어서 그 말을 듣고도 한동안 쓰지 않았다. 그저 바닥만 쳤다. 치고, 치다가 손바닥이 다 터져버렸으면 좋겠다고 생각하며. 그렇게 내 안의 이야기를 다지고 다져, 그 응어리를 터트려 『천 개의 파랑』을 썼다. 정말로 이 이야기가 많은 사람의 마음을 울렸을까?

# 세계라는 도피처

'지식'의 문장을 가진 한솔이는 컴퓨터가 잘 보급되지 않았던 21세기 초에도 아이북(ibook)*을 가지고 있으며 디지털카메라, 위성 전화 등으로 디지털 세계의 정체와 미스터리를 푸는 중요한 캐릭터다(〈디지몬 어드벤처 리부트〉**에서는 스마트폰을 활용해 정보를 습득하는 능력이 뛰어난 소년이 되는 식으로 시대에 발맞춰 변화했다). 그뿐만 아니라 한솔이는 디지바이스가 아니라 아이북으로 프로그래밍해 자신의 디지몬인 텐타몬을 진화시키는 데 성공하고, 전자 방어벽을 설치하거나 특정 디지몬의 위치를 데이터를 통해 파악하는 등의 활약을 펼친다(이 설정들은 다시 봐도 엄청나다. 세계를 얼마만큼 이해하고 있는지에 따라 접근 방식이 아예 다른 것이다). 세상을 0과 1로 보는 것이 더 익숙한 아이. 이미 1999년에 코딩을 할 줄 알았던, 디지털 세계라는 설정에 없어서는 안 될 천재 소년이다.

더욱이 한솔이는 거들먹거리거나 잘난 체하는

* 1999년 7월에 출시된 애플의 초기 노트북.

** 1999년에 방영된 오리지널 〈디지몬 어드벤처〉를 2020년에 리부트해 만든 작품. 후지TV에서 방영했고 국내 OTT에서도 볼 수 있다. 등장인물은 같지만 새로운 이야기이며 작중 배경도 2020년이다.

것 하나 없이 자기보다 어린 미나에게도 존댓말을 하고 아이들이 싸울 때는 화해시키는 등 어른스러운 면모를 보인다. 석이가 맏형으로서 해야 할 일들을 대체로 한솔이 한다. 하지만 한솔이의 성격이 마냥 대견하기만 하지는 않은 건, 한솔이 스스로 자기가 마음껏 어리광 부릴 수 없는 가정에서 자랐다고 생각하기 때문이다.

한솔이는 자신이 입양되었다는 사실을 일찍 알아챘다. 양부모님은 자상하고 친절한 분들이지만, 한솔이는 아무도 차린 적 없는 눈칫밥을 먹는다. 그토록 똑똑한 아이이니 자신의 상황을 충분히 알고 고려하며 행동했을 것이다. 어린애처럼 굴어 양부모를 속썩이면 안 된다는 생각은, 가지가 넓게 뻗을 틈도 주지 않고 한솔이를 대나무처럼 자라게 한다. 컴퓨터를 잘 다루는 것도 이 때문이다. 집에서조차 도망칠 곳이 필요할 때, 컴퓨터가 한솔이의 도피처가 되어준 것이다. 내가 또 다른 세계라는 도피처를 꿈꿨던 것처럼.

내가 디지털 세계를 다시 갈망한 건 부끄럽게도 현실의 인간관계를 전부 망쳤을 때다. 미리 말하자면 관계를 망친 원인은 누구에게도 없다. 한때는 상대방 탓이라 생각했고, 한때는 나에게 그 탓이 있다고 생각했지만 시간이 지나고 보니 그럴 수밖에 없는 상황이 있었을 뿐이었다. 그러니까 모든 건, 망할 놈의 상황 탓이다.

*

집에 중증 환자가 생기면 그 '망할 놈의 상황'이 많이 생긴다. 내 능력으로는 정말 어쩔 수 없는 일들. 아무리 막아보려 해도 막아지지 않는. 이를테면 평소에는 20분 만에 왔던 장애인 콜택시가 어느 날은 세 시간을 기다려야 하고, 환자가 갑자기 열이 나서(환자에게 발열은 치명적이다) 병원에 달려가야 하고, 요양보호사님이 갑작스러운 비자 문제로 당장 출국해야 하거나 하루아침에 그만두는 등 셀 수 없을 만큼 다양한 상황이 펼쳐진다. 매일 돌발 퀴즈를 푸는 마음, 정해진 시간 안에 맵을 통과하지 않으면 세계가 종료되는 게임을 하는 기분으로 버틴다. 아니, 버티고 있다는 생각도 들지 않는다. 그냥 정신이 없다. 뭘 하고 사는지 도통 모르겠다. 정신 차리면 한 달이, 한 해가 지나 있다. 그게 다였다. 돌봄노동을 시작하고 5년 정도는 그렇게 살았다.

그런 상황을 계속 맞닥뜨리면 사과할 일이 많아

진다. "죄송해요", "사정이 생겨서요", "급한 일이 생겨서요", "정말 미안해"… 대개 정해진 약속을 바꿔야 하는 경우다. 솔직히 말하자면 정말 죄송해서 사과한 적은 별로 없다. 어쩌겠는가. 내가 원하지 않았고, 그러고 싶지 않았는데 이렇게 된 것을. 중증 환자와 관련된 사정은 정말로 불가항력 같은 것인데. 하지만 꼬박꼬박 사과한다. 약속이 틀어진 것에 화가 나거나 실망했을 상대방을 위한 말이고, 동시에 환자인 가족을 지키기 위한 말이다.

지금은 책이나 강연에서도, 만나게 되는 누구에게든 엄마가 환자이며 지체장애인이고 휠체어를 탄다고 숨김없이 말하지만 처음부터 그랬던 것은 아니다. 부끄러워서 숨긴 건 아니고, 나를 안쓰럽게 보는 표정이 싫었다. 취업도 못 했고 꿈도 제대로 펼치지 못한 이십대 초중반의 '애'가 지체장애인 엄마의 휠체어를 끌며 살다니. 대체로 이런 뜻이 담긴 장황한 말들에 이어 터져 나오는 악의 없는 연민이 힘들었다. 그런 말들을 힘들어하는 나를 느낄 때 엄마가 죽지 않고 살아 다행이라고, 그거면 된다고 버텼던 마음이 거짓이라고 스스로에게 까발려지는 기분이었다. 종종 죽음보다 더한 고통으로 나를 힘들게 하는 엄마를 마주할 때마다 느꼈던, 차마 문장으로 쓰지 못한 이기적이고 징그러운 내 마음을 들키는 것 같아서(지금 아무렇지 않게 말할 수 있는 건 그것 역시 내 삶임을 받아들였기 때문이다. 안쓰럽게 보인다 해도 어쩔 수 없다. 그냥 내 삶이다).

타인에게 아쉬운 소리를 하지 않기 위해 택한 방법이 약속을 잡지 않는 거였다. 누구와 어떤 것도 기약하지 못했다. 내 삶은 엄마를 축으로 둔 회전체였다. 중심이 흔들리면 나는 곧바로 고꾸라졌다. 그래서 언제나 넘어질 준비를 해두어야 했다. 이런 긴장 상태를 오래 유지하면 몸이 굳는다. 몸이 굳으면 마음도 굳는다. 그런 굳은 마음으로는 부드럽고 상냥한 말투가 도저히 나오지 않는다. 상황을 요목조목 상세하게 설명하는 능력도 떨어진다. 상냥했던 사람들에게, 상냥하게 내 상황을 설명할 수만 있었더라도 관계가 최악으로 끝나는 일은 없지 않았을까? 이런 생각을 늘 갖지만 그렇다고 상황이 더 나았을 거라고는 생각하지 않는다.

영화 〈에브리씽 에브리웨어 올 앳 원스〉의 주인공 에벌린은 다중우주 속 수많은 에벌린 중에서도 최악의 삶을 살고 있다. 에벌린이 보아도 자신의 삶이 단연 최악이다. 자신이 포기한 길을 간 다른 에벌린들은 전부 화려한 삶을 살고 있으니 말이다. 하지만 역설적으로 에벌린은 가장 별 볼일 없는 삶을 살아왔기에 우주를 구할 수 있는 조건에 부합한다. 그리고 그 과정에서 에벌린은 깨닫는다. "그 모든 거절과 그 모든 실망이" 자신을 "여기로 이끌"었다고. "이 순간으로". 그리고 다른 에벌린들은 갖지 못한 특별함과 강인함이 자신에게 있다는 것을. 나는 아빠가 내게 했던 말을 떠올렸다.

"아빠는 그렇게 생각해. 엄마가 아프지 않았으면 물론 엄마에게 더 좋았겠지만, 그게 정말 우리 삶의 최상이었을 거라고 장담할 수는 없지. 더 나쁜 일이 일어났을 수도 있어. 겪어보지 않은 세계가 최상일 거라 생각하지 마. 지금 우리의 현실이 가장 행복하고, 견딜 수 있는 상황일 거야."

끊임없이 '엄마가 아프지 않았더라면 지금의 나는'이라는 세계관 속에 갇혀 있던 어느 날이었다. 습관처럼 그 말을 또 내뱉는 나에게 아빠가 말했다. 이 말은 내 삶의 기반을 바꿔놓은 말이어서 선명하게 기억하고 있다.

그때는 엄마가 아픈 지 햇수로 3년이 넘어가던 때였고, 최선을 다하면 엄마의 뇌가 제 기능을 찾을 거라던 믿음도 부서지고 있었다. 최악은 면했지만 당연히 최선도, 차선도 아니었고 심지어 차악도 아니었다. 또 다른 최악이라 생각한 시절이었다.

나는 스물세 살이었다. 동기들이 졸업하며 하나 둘씩 자신의 자리를 찾아가고 있을 (혹은 그렇게 보였던) 때, 나는 3년 전에서 조금도 나아지지 않은 상태로 그 시간까지 떠밀려왔고 이룬 것 없이 돈만 모았다. 그때 내 적금 통장에는 3백만 원이 들어 있었다. 그런데 나는 엄마가 쓰러진 그날 청구되었던 3천만 원을 떠올리며 주변의 누군가가 또 아플지도 모른다는 두려움에 가득 차 있었기에, 그 돈은 액수도 적은 데다가 절대 사라져서는 안 되는 돈이라고 생각했다 (지금 생각해보면 그 돈을 모았다는 것 자체가 대단히 멋진 일이지만). 그와 동시에 다른 평행우주의 나라면 어떤 삶을 살고 있을 것인가를 많이 상상했다. 어학연수나 해외여행도 가지 않았을까. 그게 아니라면 국토대장정을 떠났을 수도, '내일로' 기차 여행을 떠났을 수도 있겠다. 그리고 엄마와 놀고 있겠지. 남들이 보면 큰언니로 오해하는 젊은 엄마랑 둘도 없는 단짝이 되어서….

이제 와 말하지만, 정말 외롭고 고독한 시간이었다. 내 곁에는 아주 소수의 친구 말고는 아무도 남지 않았다. 모든 것이 실패했다고 여겨졌고 엄마의 병이나 인간관계의 문제도 모두 내 탓 같았다. 내가 상냥하고 친절하지 못해서, 나를 아끼는 타인의 마음을 몰라서, 내가 오만하고 독단적이어서 그 모든 문제가 일어났다고 생각했다. 그런데 이 상황이 최상일 거라고? 나보다, 우리 가족보다 더 나쁜 상황의 우리가 어딘가에 존재한다는 건 말도 안 되고 그래서도 안 됐다.

그 대화로부터 한 달 뒤 무렵의 어느 날, 잠자리에서 문득 '내가 지금 어느 세계의 누굴 걱정하는 거야?'라는 생각이 들었다. 지금 이곳의 내가 행복하길 바라는 건지, 불행하길 바라는 건지 알 수 없었고 왜 이런 이상한 기분을 느끼는지도 몰랐다. 왜 행복해서는 안 될까? 내가 불행하길 가장 바라는 건… 나인가?

우리 가족은 엄마가 아픈 것에 각자 후회했다. 엄마는 아프기 몇 개월 전 아빠와 함께 건강검진을 받았다. 엄마의 심장, 폐, 위, 간, 피… 모든 곳이 건강했다. 약간의 고혈압이 있었지만 약을 먹으면 괜찮은 수준이었다. 검사한 결과로는 그랬다. 딱 한 곳, 검사하지 않은 뇌가 삶을 송두리째 빼앗을 줄은 아무도 몰랐다. 아빠는 그때 뇌 검사를 추가하지 않은 것을 후회했고, 당시 약대 입시를 준비하느라 홀로 나가 살던 언니는 엄마 곁에서 엄마를 유심히 보지 못한 것을 후회했다. 나는 내 삶의 모든 것을 후회했고 그게 행복을 막고 있었다. 아빠의 말이 다시금 떠올랐다. 그리고 그 말은 모든 일을 후회하면서 불행해하지 말고, 지금의 내가 챙길 수 있는 행복을 챙겨야 한다는 의미로 다가왔다. 그렇다면 즉시 그 상황에서 벗어나야 했다. 그래, 도망쳐야 한다! 도망치자!

도망치는 때를 아는 것은 아주 중요한 삶의 방식 중 하나라 생각한다. 북토크에서 독자들이 이도저도 못하는 상황에서 어찌할 바를 모르겠다고 하면, 나는 도망치라고 말한다. 견디고 이기는 건 나중 일이고, 숨이 막히면 우선 거기서 벗어나야 한다. 삶이라는 전쟁터에서 도망치지 말고 싸워야 한다고 말하는 사람도 있겠지만, 삶은 전쟁터가 아니다. 왜 삶이 전쟁터여야 하는가? 적어도 내게 산다는 건 그저 '있는' 것이다. 존재하는 것. 너무 의미가 많아 모든 것이 무의미해진 모순적인 세상에서, 너무 많은 존재 속에서 의미를 잃은 내가 꿋꿋하게 존재하는 것. 방법은 간단하다. 나를 죽일지도 모르는 위험 요소로부터 도망치면 된다.

잠이 깨고 정신이 맑아져서 새벽에 다짜고짜 네이버에 '싼 해외여행'을 검색했다. 그리고 열흘 앞으로 다가온 내 생일에 맞춰 상하이 항공권을 결제했다. 할 수만 있다면 이 세계가 아니고 다른 차원, 혹은 우주, 간절하게는 디지털 세계로 가고 싶었지만 그럴 수 없으므로 어디로든 도망치기 위해 비행기를 탔다. 아르바이트로 바득바득 모은 3백만 원을 다 쓸 순 없으니 그중 백만 원만 여행에 투자하기로 했다. 목적지 상하이, 기간 3박 4일, 목표 살아남기, 사유 도피.

무슨 여행이냐며 말릴 줄 알았던 아빠는 좋은 결정이라고 했다. 대신 중국의 치안이 불안했던지 호텔만큼은 다시 예약해주겠다고 말했다(내가 당당히 예약한 한인 게스트하우스는 찾아가는 것도 어려울 거라고 하면서). 첫 여행인 만큼 수중에 쥔 돈으로 모든 걸 해결하고 싶어 거절하려 했지만, 여행에서 가장 중요한 건 가족을 걱정시키지 않는 것이라는 아빠의 말을 따르기로 했다. 그렇게 숙박비를 아꼈다.

구글 번역기, 구글 맵을 쓸 줄 몰라서 오로지 상하이 여행 책자 한 권만 들고 떠났다. 3박 4일의 여행을 요약해 말하기란 지금까지도 쉽지 않다. 내 짧은 영어도 통하지 않는 곳이었다. "워 샹 원 이샤(물어볼 게 있는데요)!"를 외치며 목적지 사진을 다짜고짜 들이밀었다. 길들다 못해 닳은 신발을 신었는데도 발뒤꿈치에서 피가 났다. 나흘 내내 그런 유혈 사태가 있었고, 음식은 입에 맞지 않아 먹을 수 있는 것이 스니커즈 정도뿐이었다(여행을 마치고 돌아오니 3킬로그램이 빠져 있었다). '남들은 아프리카 대륙이니, 남극이니, 남미 대륙이니 그 험난한 곳도 잘 다니는데 고작 상하이에서 이렇게 헤매고 고생하다니, 내가 이 정도로 나약하다니', '모두가 아무렇지 않게 견디며 사는데 나만 나약해서 이렇게 힘겹게 살았던 거라니' 따위의 생각으로 여행 내내 걸어 다니며 울었다. 세상은 말도 안 되게 크고, 인간은 정말 많고, 나는 너무 작았다.

여행 중 가장 힘들었던 건 와이탄 찾기였다. 상하이 여행을 결정한 이유 중 하나인 와이탄은, 황푸강과 접해 있는 상하이의 중심지로, 근대 유럽식 건축물과 미래적인 건축물이 강을 사이에 두고 마주 보는 특색 있는 장소이며 아편전쟁으로 강제 개항된 역사까지 있는 대표적인 관광지다. 하지만 내가 와이탄을 봐야겠다고 생각한 건 '세계 3대 야경'이라는 한 줄 때문이었다. 지구에서 세 손가락 안에 꼽히는 야경이라니. 가야 할 이유가 마땅했다(나중에 찾아보니 통상적으로 말하는 세계 3대 야경은 프랑스 파리, 헝가리 부다페스트, 체코 프라하였지만 내가 찾아본 블로그에서는 파리와 부다페스트, 그리고 상하이라고 했다. 얼마나 다행인지. 내가 백만 원으로 유럽에 갈 궁리를 하지 않을 수 있어서).

도심에서 멀지 않은 곳이라 했는데 와이탄은 쉽게 모습을 드러내지 않았다. 신발은 피로 범벅된 데다가 먹은 것 없이 걷는 내내 울어 기력 없던 나는 어쩐지 이번 여행에서 와이탄 야경을 보지 못할 거란 예감이 들었다. 길을 잘못 든 바람에 관광객 한 명 보이지 않는 상하이의 어느 교차로 앞 벤치에 앉아 모든 걸 포기하고 앉아 있는데, 불현듯 포기라는 단어가 지금과 어울리지 않는다는 생각이 들었다. 도망쳐 온 곳에서 무언가를 또 포기하다니. 그렇다면 애초에 도망친 게 아니지 않나? 다시 생각해봤다. 여긴 상하이가 아니라 다중우주나 다른 차원, 디지털 세계라고. 그곳에서도 무언가를 보기 위해, 먹기 위해 달리고 걷다가 끝내 포기라는 단어를 떠올릴까? 그럴 리가 없다. 그곳에서의 의미는 하나였을 것이다. 그곳에 존재하기. 나로서 서 있기.

여긴 또 다른 세계다. 내 모험이 시작된 첫 번째 세계. 포기하면 이곳에서 탈출할 수 없다. 그렇게 생각하며 와이탄을 찾아갔다. 남들은 중심가에서 30분이면 간다는 곳에, 다섯 시간 넘도록 홀로 찾아 헤맨 끝에 도착했다. 해가 떨어져 어둑해진 하늘을 머리에

이고 바라본 와이탄의 계단은 그동안의 고생이 무색할 만큼 보잘것없었다. 하지만 계단에 올라서서 북적이는 사람과 온갖 언어, 이상하게 생긴 건물과 야경을 보자마자 울음이 터졌다. '해냈다'. 그 단어가 제일 먼저 떠올랐다. 포기하지 않았다. 내가 해냈다! 내가 해냈다고! 그렇게 샌들에 뒤꿈치가 까진 발로 씩씩하게 걸으며 사람들 틈에서 소리 내 울었다. 그때는 왜 그렇게 눈물이 나는지도 알지 못해서 속절없이 우는 것밖에 할 수 없었다. 엄마에게 이 장면을 보여주고 싶어서 사진도 열심히 찍었지만 눈에 보이는 게 다가 아니었다. 내가 감각한 그 어떤 것도 사진에 담기지 않았다. 그 순간과 야경을 오롯이 담을 수 있는 건 '나'뿐이었다. 내 기억과 내 몸. 그리고 그 순간 깨달았다. 도망은 즐겁고 도피처는 짜릿하구나.

그 울음의 정체를 알아차린 건 그로부터 몇 년 후 영국에서였다. 다른 산문에서도 여러 차례 말한 적 있지만, 나는 그때 갔던 새하얀 절벽인 세븐 시스터스에서 그 감정의 실체를 파악했다. 그건 배신감이었다. 이토록 아름다운, 이토록 다양한 세계를 꼭꼭 숨겨둔 것에 대한 배신감.

여행에 대해 특별하게 갖고 있는 철학은 없다. 무언가를 꼭 먹어야 한다거나 체험해야 한다는 철칙도, 사람들이 잘 가지 않는 장소나 알려지지 않은 오지를 탐험할 모험심도 없다. 혼자 가도 좋고 누군가와 함께 가도 좋다. 철학 따위 없어도 여행을 자주 다닌다. 중국 상하이를 시작으로 일본, 미국, 대만, 프랑스, 독일, 벨기에, 스위스, 영국, 태국, 인도네시아에 갔다. 한 나라의 여러 도시를 찾아가고 있고, 앞으로 갈 여러 대륙을 헤아린다. 나는 여행을 마구 다닌다. 내게 여행은 견문을 넓히는 과정이 아니라 그저 도망이고 숨 쉴 곳을 찾는 일이다. 또 다른 세계를 만나고, 까만 저수지 앞에서 웅크려 있던 나와 지금의 나는 한결같이 작고 보잘것없는 존재임을 깨닫는 수단이다. 나는 작고 보잘것없다. 그러니 힘든 게 당연하다. 그리고 (아마도) 불행하지(는) 않(을 것이)다, 라는.

디지몬이 완전체로 진화했어도 자신의 사명을 끝내면 평소의 성장 단계로 돌아오는 설정을 특히 좋아한다. 디지몬의 세계를 이루는 건 데이터이고 진화는 엄청난 양의 데이터를 소모하는 일이기에, 항상 커진 상태로 있는 건 비효율적이다. 힘을 써야 할 때만 커진다. 정말 멋진 설정 아닌가! 도피처에서의 나는 여전히 작지만, 엄마 옆에서 나는 커진다. 이 역시도, 정말 멋진 일임을 깨닫는다.

다시 한솔이 이야기를 해볼까. 한솔이는 나와 반대다. 자신의 도피처였던 디지털 세계에서는 누구보다 똑똑하고 영리하고 듬직한 한솔이는, 그 모든 일을 겪고 현실 세계로 돌아갔을 때 자신이 아직 작고 어린 아이임을 인정한다. 그리고 쑥스럽지만, 아주 용감하게 어리광을 부려본다.

# 나의 나이 많고 어린 디지몬

나에게 디지몬이 생긴다면, 파피몬이었으면 좋겠다. 파피몬의 겉모습이 제일 취향이니까. 파피몬이 아니라면 머리에 꽃을 달고 다니는 팔몬도 좋다. 팔몬의 다음 단계인 니드몬이 글러브를 낀 선인장인 것도 정말 멋지다. 아, 피요몬도! 피요몬의 어리광은 나도 좀 버겁겠지만, 피요몬의 다음 단계 진화체이자 수호신 같은 버드라몬과 함께라면 무엇이든 할 수 있을 것만 같다. 뭐든 와주기만 한다면 사랑으로 진화시켜줄 자신이 있다. 내가 도맡아야 하는 존재, 적과 싸우고 이 세계를 지키기 위해 함께 호흡을 맞춰야 하는 존재. 얼마나 멋진가? 그러니 내게도 디지몬이 나타나주면 좋겠다. 우습게도 꽤 오랫동안 바랐다. 십대 후반이 되어서까지.

그런 내게 정말로 디지몬이 생겼다. 신장 165센티미터의 다부진 몸. 팔 근육이 단단한 이 디지몬의 싸움 기술은 꼬집기, 때리기, 힘주어 버티기. 기술명은 '불주먹'. 이 디지몬을 스쳐 지나간 의사와 간호사, 요양보호사 모두 동그란 눈의 젊은 디지몬을 보고 안타까워하며 손을 내밀었다가 그 거친 성미에 화들짝 놀라며 줄행랑을 친다. 이 디지몬을 감당할 수 있는 건 가족뿐이다. '못 버티겠으면…' 따위는 가정조차 할 수 없다. '버틴다' 이외의 선택지가 애초에 없다.

가족이니까. 이 디지몬의 애칭은 '엄마'. 하지만 나는 가끔 그녀의 이름 석 자를 당당히 부른다. 엄마가 까먹을까 봐, 자기 진짜 이름을. 첫째 딸과 둘째 딸 이름, 남편 이름, 부모님 이름은 다 잊어도 되는데 자기 이름은 안 잊었으면 하는 마음에.

나를 지키기 위해 세상과 홀로 싸우다 모든 데이터를 소진해 유년기로 돌아간, 나의 나이 많고 어린 디지몬. 엄마에 대해 말하고 싶다가도, '어느 날 문득 정신이 돌아온 엄마가 자기 이야기를 허락도 없이 썼다고 나를 고발하면 어쩌지?' 싶은 생각이 들어 참았다. 그런데 이제 10년이 넘어간다. 슬슬 해도 되지 않을까? 이제는 엄마에게 고발되고 싶어 쓴다. 이건 이 디지몬에 관한 도감이다.

엄마는 병원에서 정말 인기 많은 환자다. 머리를 자주 감을 수 없어 숏컷을 유지 중인데, 두상이 예뻐서 숏컷이 지나치게 잘 어울린다. 아프기 전에 해둔 아이라인 문신은 민낯일 때도 화장한 효과를 어느 정도 내준다. 립스틱 하나만 발라줘도 얼굴이 환해진다. 젊은 시절 미용사 여럿에게 미스코리아 제안을 받았다는 엄마. 겉으로 보면 아무도 엄마가 환자인 줄 모른다. 그냥 잠깐 다쳐 휠체어를 타고 있는 정도로 여긴다. 그래서 휠체어를 끌고 가면 병원 복도, 공원, 쇼핑센터에서 사람들이 심심찮게 엄마에게 말을 건다. "어디 다쳤어요?" 하고. 그런 상황이 오면 옆에 있던 언니와 나는 화들짝 놀란다. 말을 걸며 친근하게 팔을 만지는 타인의 손을, 엄마는 무섭게 뿌리친다. 행여 그에게 '불주먹'을 날릴까 봐 우리는 허겁지겁 휠체어를 끌고 자리를 피한다.

엄마의 불주먹은 때와 장소, 상대를 가리지 않는다. 심지어 예측도 안 된다. 주치의에게도, 물리치료사에게도, 요양보호사에게도 불주먹을 날리는 환자. 언제나 조심해야 한다. 가족도 예외는 없다. 요양보호사를 때리려고 하면 언니와 내가 달라붙어 엄마를 말린다(힘은 어찌나 센지! 우리는 아직도 "엄마는 언제 힘이 약해질까?" 생각한다. 그런데 막상 엄마의 힘이 약해지면 슬플 것 같아서, 대신 우리가 힘을 키우는 중이다). 그럼 엄마의 불주먹은 우리에게 온다. 머리카락이든 옷이든 손에 닿는 대로 붙잡고는 꼬집고 때린다. 이렇게 말하면 엄마를 흉보는 것 같지만 이건 우리의 일상이다. 몇 년간 언니와 내 몸에는 멍이 가득했다. 여자 몸에 멍이 이렇게 많아서 어쩌냐는 소리도 지겹게 들었다. 걱정이니 고맙기는 하지만 몸의 멍은 아무것도 아니다. 그것들은 언젠가 반드시 사라진다. 정말 큰일인 건 마음 깊숙한 곳에서 사라지지 않는 멍이다.

블랙홀이 생긴 엄마의 뇌. CT로 보았던 까만 뇌. 노력하면 뇌의 다른 부분들이 죽은 뇌를 대신해준다고 했다. 틀린 말은 아니었다. 맞는 말이긴 한데… 부족한 부분을 메워주는 느낌은 아니다. 이가 맞지 않는 톱니바퀴를 억지로 몇 개 끼워두고 '봐봐, 돌아가잖아!' 하는 느낌. 엉망진창으로 움직이는데, 일단 움직이니 다행인 수준이다. 뇌신경외과 의사로 한국에서 손꼽힌다는 주치의가 말한다.

"신기하네요. 이런 환자, 저도 처음이라."

아니, 선생님 20년 넘게 일하셨다면서요. 선생님도 처음 보면 어쩌란 말입니까.

"이 정도면 인지가 있다고 봐도 무방하거든요. 그런데… 없네요. 흠, 학계에서 연구해야겠는데요?"

인지가 있지만 없다. 이 희한한 말을 이해하는데 오래 걸렸지만 결과적으로 주치의의 말이 맞았다.

"본인의 의지에 달렸네요. 운동신경도, 기억도요."

원인 불명의 치매. 엄마의 환자 이력을 뽑으면 적혀 있는 단 한 줄이다. 글을 읽지도, 쓰지도 못한다. 근육은 다 살아 있지만 걷지 않고, 걸으려는 의지도 없다. 과거를 기억하지 못하고 현재의 기억도 쌓지 못한다. 하지만 눈앞에 있는 사람이 자신의 가족이라는 건 안다. 순간의 감각과 감정도 선명하다. 하지만 그 모든 것들은 고이지 않고 흘러간다. 그래서 엄마는 매 순간 우리를 웃게 하고, 행복하게 하고, 슬프게 한다.

엄마는 아프기 전으로 돌아가고 싶지 않은 걸지도 모른다. 애써 잊은 어떤 기억들이 떠오를지도 모르니까 말이다. 나는 그제야 엄마의 눈으로 세상을 보려고 해본다. 아빠가 처음 멕시코로 떠났던 열한 살의 어느 날, 엄마는 어디에서 무얼 했더라? 주말마다 아빠를 보기 위해 조그만 모닝을 끌고 인천에서 여수로 가는 동안 엄마는 무슨 생각을 했을까? 스물한 살에 첫 아이를, 스물세 살에 나를 낳은 엄마 삶의 중심에는 무엇이 있었을까? 죽음을 덤덤하게 이야기하는 딸과 술잔을 기울였을 때나 가장 친했던 언니가 황망하게 세상을 떠났을 때 엄마의 표정은 어땠을까. 돌연 서른다섯 살에 치위생사 자격증을 따겠다고 공부를 시작하던 마음, 매일 밤 술을 마시고 자신의 엄마가 안쓰럽다며 울던 마음 뒤에 숨겨진 숱한 슬픔의 순간들을 어렴풋이 더듬는다. 내가 알지 못하는, 엄마만 아는 사연들을.

뇌출혈로 쓰러지기 며칠 전, 둘째 딸이 차 안에

서 '아무리 살아도 삶에는 큰 이유가 없는 것 같다, 더 찾아 헤매며 괴로워하느니 그만 끝내도 되지 않겠느냐'는 말을 조곤조곤 내뱉었을 때, 엄마는 둘째 딸이 언제든 떠날 것 같아 두려웠을 것이다. 지금의 엄마가 언제든 떠날지도 모른다는 생각에 내가 두려워하듯이. 엄마는 딸과의 이별을 겪고 싶지 않아 돌아가지 않는 걸까? 그런 생각이 허공에 뜬 채 살던 나를 현실로 끌어당긴다.

여기 엄마가 있다. 언제나 늘 조금만 더 살아보자고 말하던, 딸이 힘들어 보이면 새벽에도 차에 태워 바다를 보러 가던 엄마가 여기에 있다. 현실에 발을 딛고 엄마를 본다. 엄마는 꼭 신인류 같고, 외계인 같고, 처음 만난 디지몬 같다.

자주 엄마의 뽀얗고 흰 피부를 어루만지며 안는다. 엄마는 불같이 화를 내다가도 그렇게 안기면 두 손으로 나를 단단히 끌어안는다. 절대 놓치지 않겠다는 결의가 느껴지는 힘이다. 그러니 나는 내 몸에 난 멍에 대해 투정 부릴 수 없다. 갓난아기 피부라고 놀릴 정도로 뽀얀 엄마의 몸속에 어떤 멍이 새겨져 있는지, 아주 얕게 짐작만 할 뿐이다. 그렇게 엄마를 안고 가만 심장 소리를 듣는다. 살아 있음을 확인하기 위해서다. 사람의 몸에 계속 귀를 기울이면, 그 안에서 쉼 없이 요동치는 고래 소리가 들린다. 엄마의 몸에서도 고래 소리가 들려온다. 엄마는 더 다정히, 더 소중한 듯 내 머리카락을 만진다. 눈을 감으면 엄마가 귀를 파줬던 때 같기도 하다. 한참 동안 때리고, 맞고, 쥐어뜯고, 싸우기를 반복하다 그런 평온이 오면 우리는 감쪽같이 세상에 둘도 없는 모녀가 된다. 엄마의 뇌는 기억하지 못하더라도 몸이 기억하는 모양이다.

'엄마 보고 싶다.'

행복을 끌어안고, 그리워한다. 그와 동시에 다시 돌아갈 수 없음을 인정한다. 지금이 현재이고 우린 앞으로도 이렇게 살 것임을, 지난번 꿈처럼 아프기 전의 엄마가 "놀랐지? 무서웠지?" 하며 나를 안아주는 일은 일어나지 않을 것임을 끊임없이 되새긴다.

나는 세계 곳곳을 돌아다니며, 지구가 감추고 있던 멋진 장면들을 보며 차차 알게 되었다. 내가 엄마를 살리기 위해 태어났다는 것. 이상하리만치 존재 이유를 절실하게 찾던 소녀가 드디어 이유를 찾은 것이다. 엄마는 나와 단둘이 있던 집에서 쓰러졌고, 마침 그날이 내가 처음으로 늦잠을 자 아르바이트에 가지 못한 날이었고, 나는 엄마가 알아들을 수 없는 말들을 방언처럼 쏟아내며 쓰러지자마자 신기할 정도로 침착하게 119에 전화했다. 실려 가는 엄마의 발가락을 잡았고, 수술 도중 환자가 사망할 수 있다는 수술 동의서를 읽었다. 중환자실에 며칠을 머물다 나온 엄마는 낯선 행성에 떨어진 디지몬처럼 우리를 보았다. 엄마 이름을 묻는 숱한 질문 끝에 내뱉은 단어가 내 이름이었다. 언니가 섭섭해할 정도로 내 이름만 반복해 말했다. 엄마와 더 붙어 있던 건 언니였는데, 아무래도 엄마는 미안한 모양이었다. 쓰러지던 순간 눈앞에 있던 딸에게.

어디 가지 않을 거라는 말 대신 나도 엄마를 단단히 끌어안는다. 미안했다는 말 대신 사랑한다고 말한다. 그것이 우리가 서로를 확인하는 방법이다.

*

학교 앞 치킨집에서 동기 Y언니와 치킨을 먹었다. 대학원 진학을 앞두고 고민하던 시기였다. 나는 Y언니에게 이런저런 고민을 털어놓았다. 대학원에 가서 공부를 더 하고 싶기는 한데, 우리 집 사정으로 그게 가능할지 모르겠다는 고민이었다. Y언니는 묵묵히 이야기를 들어주고, 조심스럽게 입을 연다.

"아빠랑 언니는 네가 네 삶을 살아가는 걸 좋아

하지 않을까? 포기하는 게 아니라. 이런 거야. 나는 우리 가족들이 각자의 꼭짓점에서 스스로를 잘 지탱하고 있는 것만으로도 우리가 서로의 몫을 다하고 있다고 생각해. 선란도 마찬가지야. 아빠와 언니가 각자의 위치에서 잘 버티고 서 있듯이, 너도 네 자리를 없애거나 이동하는 게 아니라 네가 해야 할 일을 잘 버티고 하는 거야. 비록 선란이가 말한 것처럼 엄마 삶의 몫을 각자가 3분의 1씩 나눠 가지니까 버티기에는 더 무겁겠지만, 서로 무너지지 않고 버텨만 주면 모두가 넘어지는 일은 없을 거야."

Y언니의 말처럼 우리 가족은 서로 떨어져 삶을 지탱하고 있었다. 언니는 학업을 마친 뒤 인천에서 서울 강동구의 회사로 매일 출퇴근하고 있었고, 아빠는 출장과 본사 출근을 오가고 있었다. 가끔 그 삶이 내 눈에는 무언가를 포기한 것처럼 느껴졌다. 언니는 가고 싶어 했던 약대를 포기했고, 아빠는 자신의 여가를 포기했다. 출근길과 퇴근길, 심지어 점심시간에도 아빠는 엄마를 보러 갔다. 내가 내 삶에 욕심을 내는 게 미안했다.

그날 Y언니의 말을 곱씹으며 집에 돌아와 문득 이런 다짐을 하게 됐다. 다들 잘 버티고 있다. 그거면 되는 거 아닌가? 만약 여기서 내가 무언가를 더 포기한다면 아주 먼 훗날, 나는 가족을 원망할지도 모른다. 엄마가 아파서 무언가를 포기해야만 했었다고 원망하긴 싫었다. 나는 가족을 원망하지 않기 위해, 계속 사랑하기 위해 내 삶, 이 현실의 삶을 챙겨야겠다고 다짐했다. 늘 꿈꿨던 먼 우주, 외계 행성, 다른 차원, 그리고 디지털 세계가 아니라 내가 발 딛고 선 이곳의 삶을 부지런하게 챙겨보자고. 나는 엄마를 지키기 위해 살아야 하니까.

그렇게 대학원을 다니며 몇 차례 여행을 다녀온 뒤에는 취업을 했다. 소설이 쓰고 싶었지만 그것만은 하지 말아야지, 생각하던 날들이었다. 아무것도 쓰지 않기 위해 아무 생각도 하지 않았다. 외계인도, 디지몬도, 영웅도 없는 삶을 살았고 나름 만족스러웠다. 굉장히 평범한 사람이, 내가 그토록 바랐던 평온한 삶이 된 것 같아서. 그런데 돌이켜 생각해보면 그건 평온이 아니라 세상을 무감각하게 바라보던, 고요였던 것 같다. 어떤 파장도, 색도, 온기도 없는, 무채색의 세상.

엄마를 끌어안고 있던 어느 날 밤, 엄마에게 묻는다.

"엄마, 엄마 이름은 뭐야?"

"…."

"엄마, 저녁으로 뭐 먹었어?"

"…."

"엄마, 둘째 딸 꿈이 뭐게?"

"…."

"…."

"…작가?"

치사하다. 엄마의 기억 속에 남은 것들이 둘째 딸 이름, 그리고 그 애가 포기한 꿈이라니. 이게 다 나를 현실에 살게 하고, 나를 행복하게 만들려는 엄마의 계략이 아닐까?

엄마의 유일한 기억을 현실로 만들고 싶었다. 대학원에 가겠다고 선언한 그날처럼, 아빠와 언니에게 말했다.

"나 소설 쓸래. 딱 1년 동안 소설에 매진할게. 그런데도 책도 못 내고 상도 못 타면 그때 깔끔하게 포기할게. 어때?"

"그러든가."

"마음대로 해."

다행히 그해 『무너진 다리』를 출간하고 『천 개의 파랑』으로 수상해서 아직 글을 쓰고 있다는 것이 이 이야기의 결말이다. 나의 디지몬이 기억하는 대로, 나는 작가가 되었다.

# 악당의 심장에는 검은 톱니바퀴가 있다

요즘 악당에게 서사를 부여하면 안 된다는 말이 나오지만, 사실 악당의 서사가 없다면 영웅의 서사도 없다. 악당은 영웅의 시련과 좌절의 이유이자, 영웅이 성장하는 밑거름이기 때문이다. 숱한 만화 속에서 악당은 주인공 영웅들과 함께 세계를 지탱하며 이야기를 이끌어 나가는 또 다른 주인공이다(이런 맥락에서 '악당'이란 단어가 가진 이미지 자체가 판타지에 가깝다고도 말할 수 있겠다).

이야기 속 세상에서 '처음부터 못된 인간'이나 '그냥 나쁜 인간'이란 있을 수 없다. 악당은 시대를 투영한다. 어쩌면 영웅보다 더. 그렇기에 악당은 이야기 속에서 끊임없이 재해석되고 재배치된다. 그 과정에서 필연적으로 시대가 빚은 이데올로기와 모순을 품는다. 악은 시대의 균열과 어둠에서 피어나며, 악당은 그곳에서 자란다. 고로 악당에게는 사연이 있어야 한다. 이유 없는 악은 없다.*

* 그렇게 탄생한 악당은 세 가지 단계, 즉 '변명-자기반성-용서 구하기(혹은 깨달음과 동시에 찾아오는 파멸)'를 거쳐야 훌륭한 악당으로 남는다. 이렇게 정성스럽게 빚은 악당은 두려운 존재이지만 애잔하고 안쓰럽다. 영웅은 이야기의 진행과 함께 깎이고 다듬어지지만(형편없던 한 인물이 온전한 인물이 되기까지 모두가 지켜보고

〈디지몬 어드벤처〉의 주요 악당들에게도 저마다의 서사가 있다. 이 악당들은 디지털 세상을 기반으로 한 독특한 성질을 가지고 있는데, 바로 '바이러스'라는 설정이다. '바이러스에 감염된 디지몬'들이 악당으로 변하며, 검은 톱니바퀴가 이 바이러스의 매개다. 악당 디지몬을 쓰러트리면 몸에 박혀 있던 검은 톱니바퀴가 빠져나가면서 원래의 모습으로 돌아온다. 그러면서 디지몬들은 검은 톱니바퀴가 박혀 있던 동안의 기억을 잃는다. 평화로운 일상을 보내던 어느 날, 하늘에서 검은 톱니바퀴가 날아와 몸에 박힌 것까지만 기억할 뿐이다.

검은 톱니바퀴는 내가 본 모든 콘텐츠 중에서도 꽤 강렬하게 남아 있는 소재다. 디지몬을 좋아하는 편파적인 마음이 더해진 것도 있지만, 검은 톱니바퀴가 '불특정 타인에게 돌연 날아가 박히는 암흑'이라는 것이, 그로 인해 착했던 캐릭터가 한순간에 돌변한다는 설정이 시간이 지난 지금도 두렵긴 마찬가지다. 한순간에 악당이 된 캐릭터는 아무 자각도 없이

응원하지만) 악당에게는 그럴 기회가 주어지지 않기 때문이다. 사정이 이렇다 보니 간혹 〈슈퍼배드〉, 〈메가마인드〉, 〈주먹왕 랄프〉, 〈크루엘라〉 같은 악당을 위한 100분가량의 변호극(?)이 나오기도 한다.

자신이 소중하게 여겼던 것들을 공격한다. 악의를 가지고 행하는 것보다 더 두렵다. 공격받는 상대는 말할 것도 없거니와 공격을 하는 쪽에서도 비극인 일이다. 이런 검은 톱니바퀴의 속성은, 처음 소개되는 회차에서 잘 나타난다.

파일섬에 도착한 지 고작해야 사흘 정도가 지났을 무렵, 아이들은 기울어진 선박과 전봇대와 송전탑만 가득한 사막*을 거닐며 어딘가에 사람이 있을지도 모른다는 희망을 품는다. 그러다 태일이는 망원경을 통해 멀리 있는 마을을 발견하고, 아이들은 역시 사람이 살고 있었다며 한걸음에 달려가지만, 그곳은 피요몬의 유년기 디지몬인 어니몬의 마을이다. 모든 것이 작은 미니어처 같은 마을이라 아이들이 두 발 뻗고 쉴 수 있는 침대는 없지만, 사막을 건너오느라 힘들었던 아이들이 목을 축일 수 있는 분수가 있다(분수의 물은 근처 경치산에서 흘러오는 소중한 생명수이다). 하지만 아이들이 물을 마시려는 순간, 분수에서는 물이 아닌 불이 뿜어져 나온다. 어니몬과 아이들은 황급히 연못으로 향하는데, 연못의 물도 전부 말

* 모래사막인 줄 알았던 이곳도 사실 모래가 아닌 쇳가루로 이루어진 사막이다.

라 있다.

**어니몬1** 경치산에 뭔가가 떨어지는 걸 봤어!

**매튜** 아까 우리가 본 그거?

**한솔** 검은 톱니바퀴 말이지?

**소라** 하지만 경치산에 톱니바퀴가 떨어진 게 뭐 어쨌단 말이야?

**어니몬2** 이 근처의 물은 모두 경치산에서 흘러나오는 거야. 그래서 경치산에 무슨 일이 생기면 물은 모두 말라버리지.

**어니몬3** 하지만 경치산은 메라몬이 있어.

**어니몬4** 경치산은 메라몬이 지키고 있다고!

어니몬과 메라몬은 공생관계다. 오래도록 이 삭막한 철 사막에서 서로에게 필요한 것들을 나누며 관계를 유지해왔다. 하지만 그런 메라몬이 빠른 속도로 어니몬 마을을 향해 내려오고 있다.

**메라몬** 모두 불태워버리겠다! 모두 태운다! 나는 모두 태운다! 나는 지금 활활 불타고 있다! 나는 모두 태워버릴 것이다!

광기 어린 표정으로 같은 말을 반복하며 어니몬 마을을 향해 달려오는 메라몬은, 이 글을 쓰기 위해 다시 보는 지금도 공포 영화의 한 장면처럼 섬뜩하다. 다행히 피요몬이 버드라몬으로 진화해 메라몬의 몸에서 검은 톱니바퀴를 빼낸다. 정신을 차린 메라몬은 자신이 어니몬 마을을 공격하려 했다는 것 자체를 기억하지 못한다.

**메라몬** 내가 어떻게 된 거지?

**어니몬**5 다행이다! 메라몬 정신이 들었어!

**어니몬**6 왜 그런 거야? 무슨 일 있있어?

**메라몬** 하늘에서 톱니바퀴가 떨어졌는데, 그 뒤로는….

**어니몬**7 아무것도 생각 안 나?

**어니몬**8 메라몬, 또 예전처럼 경치산을 지켜줘!

'어니몬 마을을 다 불태우겠다고 그렇게 무섭게 내려왔으면서 어떻게 하나도 기억하지 못하는 거지? 만일 저기에 아이들이 없었다면, 그래서 메라몬 몸에서 톱니바퀴를 빼내주지 않았다면 메라몬은 친구들을 다 죽이고, 마을까지 불태운 다음 자신이 어떤 짓을 저질렀는지도 모른 채 또 무언가를 태우기 위해 달렸겠지?' 이런 생각 끝에 내게 남은 이미지란, 황량한 사막을 홀로 달리는 메라몬이다. 아무것도 모른 채. 어린 시절 나는 그런 메라몬을 생각하며 자주 마음이 먹먹해지고는 했다. 메라몬 때문인지 검은 톱니바퀴에 대한 감정도 그렇게 남았다.

디지털 세계의 악(惡)은 서글프다. 모든 악당이 저마다 슬픔을 지녔다. 피노키몬과 메라몬처럼. 무엇보다 최종 악당인 아포카리몬의 마지막 말은 어린 시절 내게 큰 충격을, 그리고 지금 내게도 여전히 영향을 주는 대사인데 아포카리몬을 만나기 전에 〈디지몬 어드벤처〉의 악당이 이토록 서글픈 것에 대해, 그 탄탄한 설정에 대해 간단하게 이야기해보고 싶다.

앞에서도 줄곧 말했지만 〈디지몬 어드벤처〉의 배경이 되는 디지털 세계는 '백신'과 '데이터' 그리고 '바이러스'로 구성되어 있다.* 바이러스는 악당과 그들이 뿌린 검은 톱니바퀴이다. 악당은 데이터를 무

* 지금은 바이러스로부터 비교적 자유롭지만, 90년대까지만 해도 여기저기서 퍼트린 악성 바이러스가 마구잡이로 활개 치고 그 바이러스와 대응하기 위해 백신 개발 역시 활발하게 일어나던 것을 생각하면 〈디지몬 어드벤처〉가 얼마나 그 시대를 담았는지 알 수 있다.

너트리며 세계를 혼돈에 빠지게 하고 디지털 세계와 현실 세계의 경계를 없앤다. 그리고 이들을 물리치는 백신이 바로 디지몬이다. 바이러스가 먼저 생겨났고, 그 뒤에 그들을 없앨 백신인 선택받은 디지몬들이 만들어졌다.

그러니 단순하게 설명하면 〈디지몬 어드벤처〉는 컴퓨터 세상 속에 퍼지는 바이러스를 막기 위한 백신들의 고군분투기이며, 그곳에 빨려 들어간 아이들의 성장을 담은 이야기이다. 이렇게만 가도 충분히 흥미로운 소재와 모험 이야기였을 테지만, 이 정도의 서사성으로는 나를 비롯한 '디지몬 세대'를 만들지는 못했으리라.

〈디지몬 어드벤처〉는 선과 악이 선명하게 대립하는 세계관, 종말을 앞둔 인류의 두려움을 당시 인간 삶을 바꾼 디지털과 접목시켜 어렵지 않게 풀어낸 데다가 아포칼립스를 기반에 둔 걸작이다. 눈치 빠른 독자는 알아차렸겠지만, 최종 악당인 아포카리몬도 아포칼립스에서 따온 이름이다.

첫 장편소설을 아포칼립스로 쓸 만큼 아포칼립스를 좋아한다(SF를 좋아해서 그 범주의 하나인 아포칼립스를 좋아하는 것인지, 아포칼립스를 좋아하기에 SF에 관심이 생긴 것인지 고민했던 때도 있다. 결론은 후자다). 나는 이 세계가 주는 종말의 절망과 비극, 그리고 티끌만 한 희망과 강한 연대, 마지막으로 구원받는 자와 구원받지 못한 자의 이야기를 좋아하기 때문이다. 언제나 지구의 마지막을 상상하는 나의 예행연습일까. 어쨌거나 아포칼립스는 신약성경 마지막 권 『요한 묵시록』의 영어명이다. 여기서 '묵시'란 '숨겨진 어떤 것이 드러남'을 의미하는데, 원래 존재했으나 알아차리지 못했던 '예정된 종말'을 뜻한다. 즉, 묵시록은 하느님이 '선택받은 신자들'에게 희망을 주기 위해 쓴 편지이다.

7세 이용가 애니메이션에서 성서 모티프를 적극적으로 따오는 경우는 드문데 〈디지몬 어드벤처〉는 1999년이라는 시대적 배경, 그리고 종말론과 함께 이를 적절히 활용했다(내가 느끼기에는 지극히). 게다가 선택받은 아이들이 성스러운 힘을 지닌 디지바이스로 악을 무찌르는 이야기이니, 이 구조가 일종의 묵시문학이고 그 배경이 성서의 아포칼립스라는 것은 부정할 수가 없다.

어렸을 때는 몰랐지만 다시 보면 성서를 배경으로 한 촘촘한 설정과 구원에는 희생이 따른다는 과감한 메시지가 보인다. 어린이 애니메이션에서 캐릭터는 쉽게 죽지 않는다는 암묵적 금기를 깨고 악당의 힘이 세질수록 주변 캐릭터들의 희생을 과감하게 보여준다.

> 맨 처음 박쥐 떼가 하늘을 뒤덮었다. 곧이어 수많은 사람들이 좀비 디지몬의 왕 이름을 외쳤다. 이윽고 시간이 악마의 숫자를 새긴 순간 좀비 디지몬의 왕은 무시무시한 악마의 정체를 드러냈다. 그리고 천사들이 지켜야 할 사람의 가장 사랑하는 사람에게 빛과 희망의 화살을 쏜 순간 기적이 일어났다.

악당 묘티스몬 에피소드에 나오는 구절로, 흰 수염 도사*가 고대 유적에서 찾은 예언이다. 그리고 이 예언처럼 여의도 하늘을 박쥐 떼가 뒤덮자 사람들이 좀비 디지몬 왕인 묘티스몬의 이름을 부른다. 그리고 6시 6분 6초**가 되자 물리쳤다고 생각한 묘티

* 시리즈 등장인물로 조력자다. 아이들에게 홀로그램의 모습으로 나타난다. 과거 선택받은 여덟 개의 디지몬 알과 디지바이스, 문장을 지키려던 연구원이었다.

** 또 하나 재미있는 점은 바로 이 숫자이다. 〈디지몬 어드벤처〉는 일곱 명의 선택받은 아이들이 등장한다. 후반부에 여덟 번째 선택받은 아이의 존재가 있기는 하나,

스몬이 '베놈묘티스몬'으로 진화해 부활한다. 고대 유적에 적힌 예언이 그대로 실행된 것이다. 선택된 아이들도, 디지털 세계와 현실 세계가 뒤섞인 것도 우연과 사고가 아니라 전부 예정되어 있던 일이다.

마지막으로 예언에서 천사들이 지켜야 할 사람의 가장 사랑하는 사람에게 빛과 희망의 화살을 쏴서 기적을 일으킨다는 문장을 짚고 넘어가자. 문장을 잘 뜯어보면, 아이들에게 도대체 뭘 요구하는 건가 싶다. 여기서 말하는 천사들은 리키의 디지몬 '엔젤몬'과 후에 등장하는 여덟 번째 선택받은 아이인 나리의 디지몬 '엔젤우몬'이며 빛과 희망은 각각 그들의 무기인 화살이다. 엔젤몬과 엔젤우몬이 지켜야 하는 대상은 리키와 나리. 여기서 한 발 더 나아가 '지켜야 할 사람의 가장 사랑하는 사람'은 누구인가. 리키가 가장 사랑하는 사람은 친형인 매튜이고, 나리가 가장

중요한 건 초기 선택받은 아이들이 일곱 명이라는 점이다. 묵시록에서 숫자 '7'은 전체와 완성을 상징한다. 그렇기에 『요한 묵시록』의 구조를 보면 일곱 교회에 보내는 편지로 구성되어 있다. 이를 토대로 『요한 묵시록』에서 '6'은 '7'에서 하나가 빠진 상태로 불완전함을 상징하여 짐승의 숫자는 '666'이 되었다. 이런 맥락으로 '6'은 서구권에서 저주받은 악마의 숫자가 되었다.

사랑하는 사람은 친오빠인 태일이다. 군더더기 빼고 말하면 내 가족에게 화살을 쏘라는 예언이다.

결국 엔젤우몬은 빛의 화살을 태일이에게, 엔젤몬은 희망의 화살을 매튜에게 쏜다. 그리고 태일이와 매튜의 디지몬인 아구몬과 파피몬이 초특급 진화를 이뤄 워그레이몬과 메탈가루몬이 되어 베놈묘티스몬을 물리친다. 누군가를 지켜야 한다는 용기만이 아니라 잃을 수도 있다는 두려움마저 이겨내야 구할 수 있는 것이다. 이 세계를.

이렇듯 〈디지몬 어드벤처〉 스토리의 중심에는 흰 수염 도사가 가져온 고대 유적의 예언과 일곱 명의 선택받은 아이들이 있고, 그 반대편에 '선택받지 못한 존재'가 있다. 바로 〈디지몬 어드벤처〉의 최종 악당인 아포카리몬. 아포카리몬은 "정체를 알 수 없는 수수께끼의 디지몬, 아니, 이 물체가 디지몬인지조차 확실하지 않다. 필살기는 모든 것을 무(無)로 만드는 '암흑지대'"라고 설명된다. 이목구비가 있는 생명체 형태인 다른 디지몬들과 달리 아포카리몬은 기계 몸체를 가진 다각형 모양이다. 언뜻 봐도 생명체라 보기 힘든 이 디지몬은 진화 과정에서 도태되어 소멸된 원념들의 응집체이다.

최종 악당으로서 응당 가져야 할 아포카리몬의 자기변명 장면만큼이나 아포카리몬을 잘 설명할 수는 없을 것이다. 그리고 나는 이 대사를 주기적으로 찾아보고, 읽는다.

**아포카리몬** 내 모습이 추하다고 생각하나?
그래, 아무 말 없는 걸 보니 그런가 보군.
어차피 우리들은 진화 과정에서 도태된 열등한
종족이니까! 디지몬들은 길고 긴 세월 동안
수차례 진화를 거듭하지. 근데 그 과정에서
허무하게 사라진 자가 있다는 걸 알아? 어쩔 수
없다고? 그 말 한마디로 모든 걸 해결할 셈이냐!
너희들은 지금 우리가 살아남을 자격이 없는
녀석이라고 생각하는 거지? 그래, 우리들은
디지몬이 진화하는 과정에서 사라져버린 존재,
그 처절하고 슬프고 한 맺힌 마음의 집합체야!
선택받은 아이들이여, 그리고 그 디지몬들이여,
우린 너희가 만나게 되는 날을 손꼽아 기다리고
있었다. 내 말 잘 들어. 우리들이 슬프고 고독하게
어둠에서 어둠으로 사라져가고 있을 때 너희들은
뭘 했는 줄 아나? 찬란한 빛 속에서 즐겁게
웃으면서 행복한 시간을 보내고 있었어. 도대체

왜! 우리가 대체 뭘 어쨌다는 거지! 뭐 때문에
너희만 웃고 우린 울지 않으면 안 되는 거냐고.
우리도 너희처럼 눈물과 감정이란 걸 갖고 있단
말이야. 근데 우리가 대체 무슨 잘못을 했길래
우리만 이런 식으로 억울하게 이 세상에서
사라지게 만든 거냐! 살고 싶었어! 살아남아서
우정을, 정의를, 사랑을 논하고 이 세상을 위해
몸 바쳐 일하고 싶었단 말이야! 그런데 우린 이
세상에서 필요가 없었단 말이냐? 존재 가치가
없었던 거냐고! 이 세상은 우리들이 지배하겠다.
더 이상 우리들의 권리를 빼앗지 마라.

이 대사는 매번 다르게 읽힌다. 살아남아서 우정과 정의, 사랑을 논하고 싶다는 외침은 해가 갈수록 마음에 묵직하게 내려앉는다. 이 장면을 처음 보았던 어렸을 당시에도, 아포카리몬이 마냥 무섭거나 밉지 않았던 기억이 난다. 도태되어 사라지는 건 당연한 거라는 한솔이의 대사에 고개를 끄덕이면서도 나는 알 수 없는 감정, 이해되지 않는 말, 마음 한구석에 찜찜하게 내려앉은 의문을 곱씹었다. 나는 이제 그의 설움을 안다. 나를 키워준 건 선택받은 아이들과 디지몬이지만, 아포카리몬은 나를 넓혀줬다.

이야기는 세상을 이해하기 위해 존재한다. 이야기 안에서 이해하지 못할 것은 아무것도 없다. 내게 이야기란 나와 타인을, 세상을, 그리고 악당을 이해하는 수단이 되었다. 나는 이제 우리 주변에서 아포카리몬으로 진화할 위험성이 있는 존재들을 본다. 그리고 나를 본다. 그들의 타락을 막는 것이, 나의 추락을 막는 것이 이 세상의 종말을 막는 일 같다. 어떻게 그들을, 나를, 이 세상을 구할 수 있을까?

# 내일은 어떻게 할 거야?

"내일은 어떻게 할 거야?"

"글쎄. 내일은 모르겠는데."

– 극장판 〈디지몬 어드벤처 라스트 에볼루션: 인연〉 중에서

"작가님, 행복이 뭐라고 생각하세요?"

많은 독자가 내게 같은 질문을 한다. 행복만이 그리움을 이긴다는, 『천 개의 파랑』에서 보경이 콜리에게 한 말 때문일 것이다. 나는 우물쭈물하다 대답한다.

"잘 모르겠어요. 결국 그걸 찾다, 찾다, 찾지 못하고 끝나는 게 삶 아닐까요?"

나는 행복이 무엇인지 모르면서 아는 척한 무책임한 작가다. 동시에 이 세계에서 행복을 찾는 사람이기도 하다. 나는 때로 외롭던 어린 시절이 그립다. 그토록 고독했던 시간이었음에도 그때가 그립다. 하지만 그립다는 것이 돌아가고 싶다는 것은 아니다. 돌봄에 있어 진화를 거듭한 언니와 나는 이제 엄마의 손짓만 보아도 아픈지, 배가 고픈지, 화장실이 가고 싶은지 다 안다. 말하지 않아도 손이 맞는다. 환상의 짝꿍이다. 예전보다 짜증은 많이 줄어 다행이지만, 여전히 엄마는 예측 불가하다.

날이 좋을 때면 엄마를 휠체어에 태워 공원을

걷는다. 예전에는 다섯 시간 넘게 셋이 공원을 걷기도 했다. (엄마가 유일하게 얌전해지는 순간이 하늘을 바라볼 때라서) 다섯 시간 동안 강제 산책을 해야 하는 우리는 조금이라도 엄마 말이 트이길 바라는 마음으로 쉴 새 없이 떠들다 노래를 부르기도 했다. 동요부터 〈디지몬 어드벤처〉 주제곡, 각종 트로트를 쉼 없이 부르다 목이 쉴 정도였다. 그때는 엄마가 듣지 않는다고 생각했는데, 돌이켜보면 다 듣고 있었던 것 같다. 아주 파랑파랑한 하늘을 바라보며.

지금도 언니와 함께 엄마를 산책시키며 온갖 이야기를 나눈다. 아주 중요한 일부터 쓸모없는 것들까지 전부. 그러다 가끔은 이런 진지한 것도 묻는다.

"언니, 만약 언니가 10년 전으로 돌아갈 수 있어. 그럼 갈 거야? 그러니까 엄마 아프기 전으로. 쓰러지는 걸 막을 수도 있어. 대신 지금은 전부 사라져."

답이 정해진 질문 같은데도 언니의 고민은 길어진다. 물은 나도 고민이 길어진다.

한참 뒤, 언니가 입을 연다.

"아니, 안 갈래."

"왜?"

"10년 동안의 내 삶도 포기하고 싶지 않아."

"그거 좋다. 마음에 들어. 나도 그래. 엄마한테 미안하긴 한데, 나 10년 동안 너무 열심히 잘 산 것 같아."

"그리고 솔직히 지금 엄마도 귀엽지 않아? 지금 엄마도 보고 싶을 거 같은데."

"엄마가 두 명인 느낌이다. 근데 나 예전 엄마 목소리가 잘 기억 안 나서 그게 좀 아쉬워. 엄마가 고스톱 칠 때 '고도리!' 외친 것밖에 기억 안 나."

"맞아, 목소리 바뀌었지. 아니, 이 아줌마 말 좀 많이 했으면 좋겠는데 말을 안 해."

"고고해서 그래. 엄마 원래 공주잖아."

"맞아. 만날 방귀 뀌어놓고 시치미 떼고."

"…."

"…."

"언니, 나 에세이 써야 하는데, 디지몬으로 쓰려고."

"디지몬? 대박. 그거 우리 엄청 좋아했잖아. 너 중학생 때도 보고 울었잖아."

"응. 최근에 극장판도 개봉했거든. 알아? 〈라스트 에볼루션〉이라고."

"모르는데."

"거기서 성인이 된 태일이랑 매튜가 나오거든?

그리고 마지막으로 디지몬이랑 같이 싸워. 그리고 마지막에 태일이는 아구몬이랑, 매튜는 파피몬이랑 같이 노을을 봐. 원래는 한 프레임에 같이 담겨야 하는데 이제 태일이랑 매튜가 커버려서 한 프레임에 담기질 않아.

아구몬이랑 파피몬이 그런 애들을 올려다보면서 물어봐. '내일은 어떻게 할 거야?'라고. 원래라면 신나게 모험을 이야기하고, 놀자고 대답해야 하는데 성인이 된 태일이랑 매튜는 바로 대답을 못 해. 그렇게 헤어져. 아이들이 어른이 돼서. 디지바이스가 부서지고, 나비가 날아가. 뒤늦게야 태일이랑 매튜가 입을 열지만 이미 디지몬들은 사라지고 없어. 작별 인사 한마디도 제대로 못 하고 헤어져.

그 장면만 먼저 보고 극장판을 아직 못 봤거든? 근데 볼 용기가 안 나. 그 장면만 봐도 눈물 나. 너무 맞는 이별이잖아. 내 유년과는 작별 인사 없이 헤어지잖아. 떠나간 줄도 모르게.

언니, 나도 디지몬이랑 헤어지는 이야기 쓰려고."

한때 내게는 여러 친구가 있었다. 새벽마다 괴수를 죽이는 영웅 소녀, 인간에게 들키지 않고 숨어 사는 대호(大虎), 인간처럼 위장하고 다니는 외계인, 그리고 컴퓨터를 켤 때마다 나를 부르는, 아직 만나지는 못했지만 분명히 저 너머에서 나를 지켜보는 디지몬이 있었다. 이들이 있어 내 세계가 지루하지 않고 풍성했다. 하지만 지금은 없다. 더는 이들이 어딘가에 존재할 것이라는 환상을 믿지 않는다. 올챙이가 가득한 답답한 저수지를 바라보며, 디지털 세계를 믿지 않고서는 도저히 숨 쉴 방도를 찾지 못하던 열한 살의 나도 이제 없다.

디지털 세계는 영원히 머물 수 없는 공간이다. 통상적인 모험물의 주인공들처럼 세상을 지배하는 영웅이 되거나 임무를 완수하고 그 세계 어딘가에 있는 집으로 돌아갈 수는 없다. 디지털 세계에서는 모든 임무를 완수하면 추방당한다. 그렇게 친구였던 디지몬들과 영원한 이별의 순간을 맞이해야만 한다.

아무렇지 않은 척 웃지만 내가 두고 온 세계가 있다는 생각, 더는 갈 수 없다는 생각이 들면 마음이 하염없이 가라앉는다. 하지만 내 마음의 음각은 반대쪽에서 볼 때 양각일 것이고 나는 그 활자를 목판 삼아 글을 쓴다. 내가 꿈꾸며 자라왔던 세계에 대한 그리움을 소설로 쓴다.

하지만 위로가 되는 건 내가 그리워하는 세계는

보라색 나무가 자라고, 온갖 존재들이 함께 살아가는 세계라는 점이다. 그곳에서 나는 어린 디지몬이 된 엄마를 산책시킨다. 이렇게 생각하면 이 현실은 얼마나 단조롭고 따분한가. 보라색 나무도 자라지 않는 세상에서 인간의 겉모습이, 다름과 차이가 무슨 소용 있겠는가. 멀리 보면 지구의 모든 것이 그저 푸르러 보일 뿐이다. 나에게는 이제 함께 성장해야 할 디지몬이 있다. 다른 세상보다, 내가 발붙인 이 세상의 디지몬을 돌봐야 한다.

나는 나를 살게 했던 디지털 세계를 떠나보낸다. 그래도 언젠가 정말 만나게 될지도 모른다는, 아주 옅은 희망은 마음 깊은 곳에 감춰두며.

선택받은 아이들의 길고 긴 모험은 끝났다.

허나 차원의 문은 완전히 닫혀버린 게 아니다.

왜냐하면 선택받은 아이들의 모험은 이것이 처음이 아니고 마지막도 아니기 때문에.

디지몬 세계의 문은 꼭 다시 열릴 것이다.

모두가 디지몬을 잊지 않고, 다시 만나게 되길 간절히 바란다면.

그래, 지금이라도 곧.

-〈디지몬 어드벤처〉 마지막 화 리키의 내레이션

나를 만든 세계, 내가 만든 세계
'아무튼'은 나에게 기쁨이자 즐거움이 되는,
생각만 해도 좋은 한 가지를 담은 에세이 시리즈입니다.
**위고**, **제철소**, **코난북스**, 세 출판사가 함께 펴냅니다.

아무튼, 디지몬

초판 1쇄 2024년 6월 10일
초판 4쇄 2024년 12월 1일

지은이 천선란
편집 김아영, 곽성하
디자인 이지선
제작 세걸음

펴낸곳 위고
펴낸이 이재현, 조소정
등록 2012년 10월 29일 제406-2012-000115호
주소 경기도 파주시 돌곶이길 180-38 1층
전화 031-946-9276
팩스 031-946-9277

hugo@hugobooks.co.kr
hugobooks.co.kr



ISBN 979-11-93044-16-2 02810